Contents

第一章 ⋮ 014

第二章 ⋮ 136

# Characters

## 鳳《おおとり》 爽《そ》良《ら》

求職活動中の23歳。強い霊感を持つが、
そのことを誰にも言えず生き辛さを感じている。
疎遠になっていた祖父・庄之助から突如「鳳銘館」を託されることに。

## 上《うえ》原《はら》礼《れ》央《お》

同じマンションの隣の部屋に住む
爽良の2つ年上の幼馴染にして唯一の友人。
美形だが無口で、何事にも無関心そうに見えるが……。
業界トップレベルのフリーエンジニア。

## 御《み》堂《どう》 吏《つかさ》

鳳銘館の住人兼管理人代理を務める30歳前後の男性。
軽くて適当そうな口調だが、妙に人懐っこい一面も。
実家は寺で、霊を祓うことができるらしい。

## 鳳《ほう》銘《めい》館《かん》

代官山の閑静な住宅街にある美しい煉瓦造りの洋館。
大正時代に建てられた華族の邸館をアパートに改装したものだが、
今も建築当時の雰囲気が保たれている。
入居するには特殊な条件があり、半数ほどしか部屋は埋まっていない。

後ろに、なにかがいる。

肌が粟立《あわだ》ち、両手両足の先までじんと冷えるこの感覚は、何度経験しようと慣れることはない。

まるで、リアルな夢を見ているようなグレーがかった視界の中、鳳爽良《おおとりそら》は自宅マンションへ続く坂道を早足で歩いた。

後ろにいるのは、人ではない。

それだけは、経験上、わかっていた。

絶対に振り返ってはいけない。目を合わせたら終わる。

心の中でそう何度も唱えながら、爽良はひたすら前だけを向いて無心に足を動かす。

次第に激しさを増す鼓動に触発されるかのように、歩調はみるみる速くなった。

駅に程近い住宅街の夕暮れ、人の往来は決して少なくない。けれど、一人として、背後の存在に気付く者はいない。誰もが微塵《みじん》も警戒を見せず、むしろここが安全であると疑いもしない様子で、それぞれの家へと向かっていく。

酷《ひど》く不自然だと爽良は思った。

こういうときはいつも、自分だけが違う時間を生きているような孤独感に襲われる。

ただ、経験上、なぜ自分だけがという文句に意味がないことは、よくわかっていた。

背後の気配は、冷たくじっとりとした空気を伴いながら、爽良に少しずつ迫っている。視えることに気付かれてしまったのだろうかと、これから起こる最悪な想像が頭を過《よぎ》ると同時に膝《ひざ》が小刻みに震えた。

それでも、爽良にはひたすら逃げる以外の選択肢がない。

思えば、これまでも、逃げ続けるばかりの人生だった。

〝自分だけに視える者〟が存在することを認識したのは、物心がついて間もなくのこと。

それが世間で〝霊〟と称され、多くの人にとって迷信や空想とされていると知ったときは愕然《がくぜん》とした。

霊は爽良の日常に確かに存在したし、目が合えばたちまち近寄ってきて、髪を引っ張ったり耳元でボソボソと囁《ささや》いたりと、毎日のように嫌がらせをしてきたからだ。

怖くて泣いて訴えても、両親はただ困るばかりだった。

税理士事務所を構える父は生粋のリアリストで、迷信も空想も極端なまでに嫌い、目に見えないものを一切信用しない気質。母はそんな父を心から信頼していて、当時、霊を視るたび泣き叫んで逃げ惑う爽良は、父の計らいで何度もメンタルクリニックに連れて行かれた。

ただ、改善するどころか、処方される錠剤の量がただただ増えていく一方で、それに比例するように母の溜《た》め息も増えた。当然ながら、薬を飲んだところでしばらく頭がぼんやりするだけで、なんの意味もなかった。

今になって思えば、当時の爽良は統合失調症だと診断されていたのだろう。

ある夜、ふと目を覚ますとリビングから両親の話し声が聞こえ、聞き耳を立てると、母が父に向かって、「医師やカウンセラーは私たちの虐待を疑っている」と、泣きながら訴えていた。

幼かった爽良にその意味を理解することはできなかったけれど、母が泣いているのは自分のせいなのだろうと、それだけはわかっていた。

そして、父もまた、徐々に精神的な余裕をなくしていった。

空虚な笑みを浮かべ、「子供は想像力がたくましいから、現実と妄想の境がわからないんだよ」と母を優しく説き伏せたかと思えば、子供に向けているとは思えない憎しみに満ちた目で爽良を睨《にら》み、「お前は異常だ」とか、「くだらない妄想で大人を困らせるな」と酷く怒鳴ることもあった。

そういうときの父は、決まって「あの男と同じだ」と呟《つぶや》いた。

「あの男」が誰を指すのかが明確になったのは、いつも以上に爽良を強く叱りつけた直後のこと。

父は突如、当時たびたび家を訪れていた自分の父親・庄之助《しょうのすけ》に電話をし、激しい口調で二度と爽良の前に顔を見せるなと言い、一方的に絶縁した。

お前が妙なことを吹き込んだせいだ、お前のせいでうちは不幸だ、お前のせいで——と、何度も繰り返される暴言を聞きながら、おかしくなってしまいそうな爽良の心を守ったのは、心に備え持った防衛本能。
言い知れない危機感に追い詰められた爽良は、今後一切、なにがあっても自分が視たものを誰にも話すまいと心に誓った。そうしなければ、すべてが壊れてしまうと思ったからだ。

それは、こんな父の姿を見るくらいなら怖い思いをした方がずっとマシだと、明確に、そして奇妙な程冷静に判断した瞬間でもあった。

その日以降、鳳家には表向き平和な日々が戻った。ただ、爽良を取り巻く環境が変わったわけではなかった。

唯一、爽良自身に取ることができた対策は、霊と目を合わせないこと。視えることに気付かれさえしなければ、向こうから関わってくることはなかった。

ただし、相手が人なのか、そうでないかを見分けることは、大概の場合困難だった。それらのほとんどが、人の中に上手《うま》く溶け込んでいたからだ。

小学校に上がってからは、廊下で児童とすれ違うたびにビクビクしたし、知らない顔が大勢集まる全校集会や運動会などでは、いつも挙動不審だった。

当然ながら、そんな爽良と仲良くしてくれる子どもはおらず、友達はできなかった。けれど、爽良は一人ぼっちではなかった。

爽良には、爽良が突然叫ぼうとも急に走り出そうとも動揺ひとつしない、細かいことに無頓着《むとんちゃく》で多くのことに無関心な、二つ年上の幼馴染《おさななじみ》がいた。

「――爽良」

背後の気配を振り切ろうと必死に歩く爽良に声をかけてきたのは、上原礼央《うえはられお》。

爽良が幼い頃からマンションの隣の部屋に住んでいて、出会ったときから今に至るまで、思春期など知らぬとばかりに常に同じ距離感で爽良に接してくれる、唯一の友人だ。

礼央の顔を見た安心感で、爽良の張り詰めていた心は一気に緩んだ。同時に、背後の気配がスッと消え、爽良はおそるおそる振り返って確認する。

「いない……」

思わず呟くと、礼央はこてんと首を傾げた。

涼しげな目に見つめられ、爽良は曖昧《あいまい》に笑う。

挙動不審だったことは自覚しているし、普通なら事情を問い詰められてもおかしくない状況だが、礼央はそんなことをしない。

誤魔化《ごまか》すための言葉を用意していても、いつも無駄になる。

それくらい、礼央のマイペースぶりは群を抜いていて、ひと言で言うなれば、変わり者だ。

現に、礼央はいたって平常通りの様子で、自分が乗っていた自転車の荷台を指差した。

「乗れば」

「え……？」

「後ろ」

なかなか消えない恐怖の余韻を抑え込みながら、爽良は、必要最低限しか発さない礼央の言葉を脳内で補完する。

人のことは言えないけれど、昔はよく、こんなに言葉足らずで人との交流は大丈夫なのだろうかと心配したものだが、どうやら問題はなかったようだ。

なにせ、礼央は、顔が整っている。あくまで爽良の主観ではあるが、学生時代の多くの女子たちにとって美形こそ正義であり、少々の言葉足らずは交流の障害にならないらしい。

現に、中学生の頃なんかは、礼央が女子生徒に囲まれているところを校内で何度も目撃している。

「乗らないの」

つい昔のことを回想していた爽良は、ハッと我に返った。

「こっ……」

「こ？」

「……この、坂……、急だから。……遠慮しとく」

慌ててそう言うと、礼央は自転車を降り、爽良の横に並んで歩く。

そして、ふいに爽良の手からバッグの持ち手を抜き取り、自転車のカゴに放り込んだ。

「鞄《かばん》、すごい重いけど」

「……ありがとう。就活中だから、いろいろ入ってて」

「決まりそうなの」

「……まだ」

仕事を辞めたのは、つい一ヶ月前。システム開発を主とするIT企業に新卒で入社し、まだ一年しか経っていなかったけれど、爽良には辞めざるを得ない事情があった。

まず、研修後に配属された支社はとても古いビルにオフィスを構えていて、まさに、人ならざる者の巣窟《そうくつ》だった。

大抵の場合、建物の古さと棲《す》みつく霊の数は比例する。そして、長年彷徨《さまよ》った霊程、タチが悪い。

それらはただ傍にいるだけで気力を奪い、体調を悪化させ、下手すれば精神まで蝕《むしば》んでしまう。

そのせいか、オフィスには、体になんの影響も受けずに働いている者の方がむしろ少なかった。

爽良は配属されてから退職を決めるまでの短い期間に、なんの前触れもなく社員が倒れる現場を何度も目撃したし、受付の女性が業務中にペーパーナイフで自分の腕を刺すという異常な事件を目の当たりにした。

このビルは呪われているのだと、大量の霊に囲まれながら面白おかしく噂する社員たちが、爽良にとっては少し滑稽《こっけい》だった。

やがて、日々神経を磨《す》り減らし続けることに限界を感じた爽良は、父に散々嫌味を言われながらも退職を決め、今に至る。

ただ、早く職を決めなければと焦る一方で、爽良は自分の抱えるハンデの大きさに絶望していた。

なにせ、爽良が普通に生きていける環境は、あまりにも限られている。

たくさんの企業の情報を収集し、転職説明会に積極的に顔を出し、表向きは熱心に転職活動をしながらも、どこか虚無感を拭《ぬぐ》えない自分がいた。

無意識に溜《た》め息をつくと、礼央がチラリと視線を向ける。

「焦ってる？」

「……早く家を出たいから」

「なんで」

「……なんとなく」

「そう」

どんなに曖昧に誤魔化そうとも、礼央が必要以上に追及してくることはない。

よほど興味がないのだろうと少し虚《むな》しく思う一方、追及されても答えられないことが多い爽良にとって、礼央の薄い対応は都合よくもあった。

ただ、なにもかもに興味を示さない礼央との友人関係が、家が隣だからこそ成り立っているということも、よくわかっている。

いずれどちらかが家を出てしまえば、礼央の頭の中では、これまでの長い年月すらもあっさりと白紙に戻ってしまうのだろう。そういう礼央だからこそ、なんの疑問も持たずに爽良と一緒にいられたのだ。

友人というものの正しい形を、爽良はよく知らない。ただ、絶対に言うことができない大きな秘密を抱えた関係性が、世間では希薄と表現されることを知っている。

諦《あきら》めることに慣れた心が、小さく疼《うず》いた。

けれど、その痛みを端っこに追いやり押しつぶしてしまうこともまた、爽良は得意だった。

# 第一章

予知夢は、色でわかる。

それは、外で霊と出くわしたときとよく似ていて、視界が薄《う》っすらとグレーがかっている。

こういう色の夢はほとんどが不幸な内容であり、必ず近いうちに現実で同じことが起こる。

父が交通事故に遭った前日も、叔父《おじ》が死んだ前日も、まさに、会社で受付の女性の自傷事件が起きた前日も、爽良の夢はこの色だった。

また予知夢か、と。爽良は夢の中でグレーがかった街並みを歩きながら、近々起こるであろう不幸な出来事を想像し、暗い気持ちになった。

できれば身動きを取らずに目が覚めるまでやり過ごしたいが、そういうわけにはいかない。予知夢では自分の意思で行動することができず、まるでＶＲ映像を観ているかのように淡々と目の前の出来事を受け入れるしかない。

ただ、その日の予知夢は、少し奇妙だった。

まず違和感を覚えたのは、目の前に広がっている街並みが、爽良の知らない風景だったこと。大きな家が並び、綺麗《きれい》に整備された特徴的な住宅街だが、どこを見てもまったく記憶を掠《かす》らない。

行き慣れた場所や身近な人間しか現れたことのない予知夢で、それは初めての経験だった。

やがて、爽良が行き着いたのは、立派な洋館。

それは三階建ての煉瓦《れんが》造りで、ずらりと並ぶ窓は幾何学模様の格子にところどころ色ガラスが嵌《は》め込まれたステンドグラス風。重厚感のある玄関扉の前には煉瓦と漆喰《しっくい》の玄関ポーチを構える、贅沢《ぜいたく》な外観だった。

ただ、素直に洋館と表現するには、敷地を囲う生垣や庭木、玄関に続く石畳や窓枠の装飾など、どこか和を思わせる箇所も多くある。

ただし、それらは絶妙なバランスで調和していて、屋敷そのものが、まるで芸術品のようだと爽良は思った。

もちろん、この屋敷に見覚えはない。

こんなこともあるのかと、爽良は予知夢であることを忘れて呆然《ぼうぜん》と眺める。――しかし、そのとき。

ふいに窓ガラスの奥で赤い影がチラチラと揺れたかと思うと、突如、激しい轟音《ごうおん》とともに、屋敷が一気に炎を上げた。

すべての窓ガラスが同時に割れ、粉々に砕けた破片が弾《はじ》け飛ぶと同時に、巨大な炎と真っ黒な煙がグレーの空へ立ち昇る。

視界は、たちまち赤と黒で染まった。

伝わらないはずの熱がじりじりと爽良の肌を焦がし、心臓がどくどくと不安定な鼓動を打つ。

ああ、この美しい屋敷は燃えてしまうのか、と。

爽良は、愛着なんてあるはずもない屋敷の喪失に、奇妙なくらいの寂しさを覚えていた。

*

父から「親父が死んだらしい」と聞かされたのは、不思議な予知夢から一週間が経った頃のこと。

まるで世間話のような淡々とした温度感で実の親の死を話す父に、爽良は少し戸惑っていた。

父が祖父・庄之助に一方的に絶縁状を叩《たた》き付けてから二十年弱。

庄之助のことをほとんど覚えていない爽良が感傷的になれないのは仕方のないことだとしても、父もまたそうであるという事実が心をざわつかせた。

「お葬式はいつ……？」

「親父の知人が喪主をし、とっくに終えたらしい。たいして参列者もいないだろうに」

「終えたって、お父さんに連絡もなく……？」

「俺は縁を切ってるからな。死んでからもう一ヶ月が経つそうだ」

父は庄之助の話をするとき、驚くほど冷たい目をする。絶縁した後は、やむを得ず話題に上ることがあったとしても、爽良が「おじいちゃん」と呼ぶことすら許さなかった。

そんな父のことが、爽良はときどき怖い。

もし秘密がばれてしまえば、自分も庄之助のように簡単に縁を切られてしまうのだろうという不安が、常に心のどこかにある。

「一ヶ月って……。どうせ連絡をくれるなら、もう少し早くてもよかったんじゃ……」

「死んだと連絡があったわけじゃない。……主な用件は、相続のことだ」

「相続？」

眉《まゆ》を顰《ひそ》める爽良を、父はダイニングテーブルの向かい側に促す。

ただならぬ緊張感を覚えながら、爽良は父の指示に従い正面に座った。

久しぶりに真正面から見た父の目は、逆に奇妙なくらいに凪《な》いでいる。これは、怒りを堪《こら》えているときの、父の癖だ。

ふいに嫌な予感がし、爽良はキッチンで夕食の支度をする母に視線を向ける。しかし、母はまるでなにも聞こえていないかのように、不自然なまでに規則的な包丁の音を響かせていた。

爽良は、いっそ逃げ出したい気持ちを必死に抑え、テーブルの下で手を握り締める。

すると、父は爽良の目をまっすぐにとらえ、重々しく口を開いた。

「親父は公正証書遺言《いごん》を残していたらしく、俺に連絡を寄越《よこ》してきたのは弁護士だ。遺言状には、相続してほしいものがあると書いてある」

父が語ったのは、考えもしない内容だった。

ただ、そんなことよりも謎なのは、父がわざわざ爽良に伝えた理由だった。

庄之助のことを忌み嫌う父ならば、連絡があったことを誰にも言わず、すぐに相続放棄の手続きを取っていても不思議ではない。

すると、父は爽良に一通の封書を差し出した。

見れば、そこには達筆な筆文字で「鳳爽良殿」と書かれている。

「私宛《あて》……？」

「それは、遺言状に添えられていたものだ」

「どうして私に」

「遺言状には、とある不動産を譲りたいとあった。……俺じゃなく、爽良に」

「え？　なんで私……」

「そんなこと、俺にわかるわけがないだろ。……とにかく、その手紙はお前宛だから読んでみろ」

意味不明な展開に混乱しながら、爽良は父の不機嫌の理由を察していた。

正式な手続きで遺《のこ》された遺言に相続人として爽良の名があったのならば、さすがに勝手に放棄するわけにはいかなかったのだろう。ただ、父の口調からは、不本意だという本音が嫌という程伝わってくる。

厄介なことになったものだと思いながら、爽良は視線に促されるまま手紙を開封した。といっても、父が事前に検閲したのだろう、蠟《ろう》で閉じられた封はきれいに剝《は》がされていた。

おそるおそる便箋《びんせん》を開くと、最初に目に飛び込んできたのは、行を完全に無視して綴《つづ》られた、『鳳銘館《ほうめいかん》を相続してほしい』という大きな文字。

さらにその横には、承《う》けてくれるのならば相続税が十分に払えるだけの遺産を残すと、そして、その場合は管理人代理を任せている御堂吏《みどうつかさ》という男が具体的なことを説明するという一文が、ついでのように記されていた。

「読んでもよくわからないんだけど、そもそも鳳銘館って……？」

「放棄しろ」

「え……？」

「鳳銘館は代官山《だいかんやま》にある古いアパートだ。そんなもの要らないだろう。……放棄しなさい。俺から弁護士に連絡するから」

その言い方も、向けられた目からも、有無を言わせぬ圧力が感じられる。

爽良はもう一度封筒に視線を落とし、庄之助が書いた自分の名前を見つめた。

いつもの爽良ならば、父に従っておいた方が無難だと判断し、すぐに頷《うなず》いていただろう。けれど、なぜだか、そのときはそれができなかった。

黙り込んでしまった爽良に、父はうんざりした表情を浮かべる。

「鳳銘館は、大昔、親父が没落した元華《か》族《ぞく》から買い取った古い屋敷だ。俺が生まれる前の話で興味もなかったからよく知らないが、アパートに改装し、妙な知人ばかりを集めて安く住まわせていたらしい。どうせ家賃収入なんてほとんどないし、修繕費に管理費に毎年課せられる税金で、良くて相殺だろう。相続したところで、なんの得もない。そういうわけだから、売却するにしても、更地を条件に出されるだろう。場所は代官山だから資産価値は高いが、何十年も住んでる人間に退去の交渉をするのは骨が折れるし面倒しか――」

「お、お父さん……」

さっきと打って変わって延々と喋《しゃべ》り続ける父に戸惑い、爽良は思わず口を挟んだ。

すると、父はハッと我に返り、ふたたび爽良を見つめる。

おそらく父は、爽良があっさり放棄することを想定しているのだろう。実際、これまでの爽良は、どんなことでも父に従ってきた。――けれど。

「……そんな厄介な物件を、わざわざ正式な遺言状に、しかも私を名指しで遺すなんて不思議だなって思って……。少し、考えてもいいかな……」

思ったままを口にしたのは、とても久しぶりだった。

父の顔が強張《こわば》り、母の包丁の音が止まる。

「親父がわざわざ正式な遺言状にして爽良を名指ししたのは、おそらく爽良に会わせなかった俺への当てつけだぞ。……あれは頭のおかしい男だ。絶縁状を叩き付けた俺を憎み、俺たちを困らせて面白がって――」

「だ、だとしても……」

「爽良……！」

ふたたび言葉を遮った爽良に、父は不快感を露《あら》わにした。

大声で名を呼ばれた瞬間、子供の頃に何度も叱られた記憶が過《よぎ》り、指先が震える。

爽良自身、なぜ抗《あらが》ってしまったのか、理由ははっきりわからなかった。ただ、奇行とも言える庄之助の決断を不思議に思い、純粋に理由を考えてみたいと思ったのは、本音だった。

「お父さん、私はもう大人だから……。自分宛に遺されたものなら、自分で考えたい……」

「大学まで出してやったのに、あっさり仕事を辞めて実家に居候するような奴のどこが大人だ」

「その通りだと思う。……ごめん。でも私」

「――お父さん」

突如、割って入ったのは母だった。そんなことは滅多になく、爽良たちは同時に視線を向ける。

すると、母自身も戸惑った様子で、包丁を置き瞳《ひとみ》を揺らした。そして。

「……爽良に決めさせてあげたらいいんじゃない……？　お義父《とう》さんはもういないんだから、もうあなたを苦しめることはないでしょう……？」

長い、沈黙。

父は、まるで時が止まってしまったかのように微動だにせず、母をまっすぐに見つめていた。

爽良は黙って様子を窺《うかが》いながらも、父が怒りだしてしまうのではないかと、内心気が気ではなかった。けれど。

「……お前がそう言うなら」

父は拍子抜けする程小さな声でそう呟《つぶや》くと、背もたれにぐったりと背中を預けた。

しかし、爽良に向けられる視線はまだ鋭い。

おそらく、もう出て行けという意味だろうと察した爽良は、慌てて立ち上がると、庄之助の手紙を握りしめて部屋へ戻った。

戸を閉めた瞬間に全身から一気に力が抜け、そのまま床にへたり込む。

「庄之助さん……、どうしてこんなこと……」

届くはずのない愚痴が、静まり返った部屋に響く。

ただ、久しぶりに声に出した祖父の名は、心に懐かしく響いた。

庄之助との思い出は、決して多くない。けれど、まったくないわけではなかった。

おぼろげな記憶を辿《たど》ると、最初に蘇《よみがえ》ってくるのは公園の風景。そして、目を細めて笑う、穏やかで優しい表情。

いくら幼くとも、向けられる愛情の大きさは伝わっていたし、父親に叱られてばかりの爽良にとって庄之助と過ごす時間は大きな癒《いや》しだった。

庄之助に抱かれてブランコに乗ったときの温《ぬく》もりや、大きな手や、優しい声の記憶を手繰り寄せながら、爽良はそっと目を閉じる。――そのとき。

『――爽良、ごめんよ』

突如脳裏に蘇る、庄之助の言葉。

頭の中にあまりにはっきりと再生されたせいで、爽良は一瞬、庄之助が傍にいるような錯覚すら覚えた。

そして、同時に浮かぶ疑問。

「ごめんって、なに……？」

必死に記憶を辿ってみるものの、庄之助が謝る理由には、まったく心当たりがなかった。

ただ、庄之助の言葉が蘇った瞬間、――なにかが始まろうとしているかのような、胸騒ぎがした。

なんだか少し怖くなって、爽良はガラス戸を開けベランダに出る。

外の空気をめいっぱい吸い込むと、ふいに、隣のベランダからよく知る気配を覚えた。

ベランダから身を乗り出して隣を覗《のぞ》き込むと、デッキチェアに座ってノートパソコンを開く礼央の姿。

礼央は大手企業にシステムエンジニアとして入社した後、二年で退職しフリーランスになった。それ以降、家にいることが増え、よくベランダで仕事をしている。

いつもとなんら変わりない光景に、爽良の気持ちがスッと落ち着いていく。

「寒くないの？　まだ四月だよ」

「全然」

急に声をかけたというのに、礼央は相変わらず動揺ひとつしない。

「そう」

爽良は手《て》摺《す》りにぐったりともたれかかり、夕暮れの空を見つめる。

カタカタと規則的に響く礼央のタイピング音が、少しずつオレンジがかっていく幻想的な風景と意外にもマッチしていた。

「……どうしたの」

タイピング音が止まったのは、辺りがすっかり暗くなった頃。

ぼんやりしていた爽良は、声をかけられて途端に我に返った。これではまるで話しかけられるのを待っていたみたいだと、少し気まずさを覚える。

しかし、礼央はいつも通りのまったく感情が読めない表情で、パソコンを閉じて横に並び、爽良の顔を見つめる。

おそらく、質問の返事を待っているのだろう。

とはいえ、遺言状のことなんてあまりにも重いし、話したところで礼央を困らせるだけだと、爽良は咄嗟《とっさ》に別の話題を探した。

「……就活が思うようにいかなくて、疲れたなって」

「そう」

「うん」

「……それと？」

「それと……って」

「おじさんの声が聞こえたから」

どうやら、誤魔化《ごまか》したことを見透かされてしまったらしい。ただ、礼央がこんなふうに追及することなんて滅多になく、思わず動揺してしまった。

「あ……、ごめん、うるさかった……？」

「ううん。喧嘩《けんか》した？」

「そうじゃない、けど……」

礼央のまっすぐな視線にとらえられると、迷惑だとわかっていても、いっそ縋《すが》ってしまいたい気持ちが込み上げて溢《あふ》れそうになる。

爽良は、ポケットの中の庄之助の手紙にそっと触れた。

「実は」

「うん」

「遺言状が……」

結局、爽良は庄之助の遺言のことを礼央に伝えることにした。

口に出すことで処理しきれなかった様々な感情が整理され、最初は躊躇《ためら》いがちだった口調が徐々に軽くなっていく。

ついには、庄之助とのおぼろげな思い出まで、まるでひとり言のように語っていた。

「爽良は、庄之助さんのことが好きだったの」

ようやく言葉が途切れると、礼央からの静かな問いかけが響く。

「どうだろう。……私は幼かったし、あまりにも思い出が少なくて。だけど、思い出そうとするとすごく気持ちが温かくなる。庄之助さんとの時間は、居心地がよかったのかも」

「そう」

短い相槌《あいづち》を最後に、ベランダは静まり返る。

日が落ち気温はぐんと下がったけれど、すべてを語り終えた爽良の心は、火が点《とも》ったかのように温かかった。

爽良は冷たい手摺りに額を寄せ、小さく溜《た》め息をつく。——そして。

「行ってみたら？　その、鳳銘館っていうアパートに」

礼央がそう口にした瞬間、爽良は密《ひそ》かに確信していた。自分は、背中を押してもらいたかったのだと。

「……そう、だよね」

「うん」

「いいの、かな」

「自分で決めたいんでしょ」

「……うん」

爽良は手摺りに顔を伏せ、何度も頷《うなず》く。

確かに、このままなにもしなければ、とめどなく湧き上がってくる疑問が解消されることはない。

なにより、呆《あき》れる程雑な手紙一通では、どちらに決断するにしても情報があまりに足りなかった。

ならば、一度鳳銘館を訪ね、庄之助の手紙にあった管理人代理の御堂という人物に会ってみるのが一番早いだろう。

「私……、行ってみる。鳳銘館に」

「付き添い、いる？」

「……ううん。一人で大丈夫」

今日の礼央はなんだか過保護だと、爽良は思った。ただ、その厚意に甘えるわけにはいかなかった。

礼央はいつも涼しい顔で仕事をしているけれど、爽良はその仕事のハードさをよく知っている。

たった一年とはいえシステム開発を手がける企業で働いていたし、当時、外注先のエンジニアリストにたまたま礼央の名前を見つけたことがあり、そのとき同僚から、礼央はこの業界では名の知れた、トップレベルのエンジニアだと聞いた。

常識はずれなボリュームの依頼もキッチリ期日に納品してくるとのことで、社内のエンジニアの間では、上原礼央は睡眠を必要としないとか、いっそ人ではなくＡＩなのではという噂まで流れていたらしい。

普段のぼんやりした姿を見慣れている爽良にとって、それは衝撃的な事実だった。

「そう」

礼央は頷くと、くるりと向きを変える。

「爽良も部屋に戻って。風邪ひくから」

「うん。ありがとう」

ガラス戸を開けながらかけられた声に頷いたものの、爽良の心に生まれた小さな熱は、まだ冷めそうになかった。

「鳳銘館か……」

爽良は、静まり返ったベランダで無意識に呟《つぶや》く。

記憶にないはずの名が、まるで言い慣れた馴染《なじ》みの場所であるかのように、ストンと心の中に落ち着いた。


鳳銘館の場所を知るのは、簡単だった。

というのも、駄目元で「代官山　アパート　鳳銘館」でネット検索をかけると、意外にも多くの記事がヒットしたからだ。

そもそもは不動産仲介業者が空室情報でも出していればという軽い気持ちだったけれど、実際に出てきたのは、主に個人によって発信された、建物の美しさを賞賛する記事だった。

記事によれば、大正時代に建てられたという鳳銘館は、西洋の建築様式を取り入れた芸術的価値の高い建物なのだという。わざわざブログやＳＮＳに記録をつける程建築に精通する人間が、こぞって鳳銘館は芸術そのものだと表現していた。

個人が所有する建物とあってか、外観がわかるような画像は貼られていなかったけれど、その分場所に関しては丁寧に説明されていて、たいした苦労もなく見当を付けることができた。

父に内緒な以上、場所を聞くなんて絶対にできなかった爽良にとって、それはとても幸運だった。

ただ、ヒットした検索結果の中には、代官山に関する少し気になる記事も紛れていた。
それは、このたった一ヶ月の間に、住宅街で三件のボヤが発生しているというもの。現場の状況的に不審火の可能性が高いとあるが、不審者の目撃情報は今のところないという。

いたるところに防犯カメラが設置されているこの時代に、その事件はなんだか気味悪く感じられた。

そんな、なんとなくモヤモヤした感情を抱えたまま、地元の世田谷《せたがや》駅から電車を乗り継ぎながら、三十分弱。爽良は代官山駅で降り、印を付けた地図に従って通りを歩いた。

正直、爽良はこれまで代官山を少し敬遠していた。

代官山には、雑誌に載るようなカフェやおしゃれなアパレルショップなどのこだわりの強い店が多く、意識の高い若者が集まるイメージがある。だから、自分のように流行《はや》りに疎い人間はきっと浮いてしまうだろうと、苦手意識があった。

ただ、実際に訪れた代官山は、思っていた雰囲気とは違い、ずいぶん静かな街だった。駅前や大通りを除けば人の気配もそう多くなく、緑も多い。

隣駅は渋谷《しぶや》、徒歩圏内に恵比寿《えびす》という立地とは思えない落ち着いた雰囲気に、爽良は意外にも居心地のよさすら感じていた。

しかし、異変を感じたのは、間もなくのこと。地図通りに十分程歩き、閑静な住宅街に差し掛かったところで、急に足がずっしりと重くなった。

代官山には坂道が多く、運動不足のせいだろうと深く考えずにいた爽良も、やがて頭に鈍痛が走り、ついには呼吸まで辛《つら》くなってきて、なにかがおかしいと思い始める。

あまりの不調に一度は引き返すことも考えたけれど、地図には鳳銘館まであと三分と表示されていたし、悩んだ結果、爽良はそのまま足を進めた。

そして、悪化の一途を辿《たど》る頭痛を堪《こら》えながら、緩い坂道を上ること三分。

爽良は、T字路の突き当たりに位置する、周囲を高い生垣に囲われたやたらと広い敷地の前で足を止めた。地図を見れば、現在地と目的地のピンが重なっている。

「え……、ここ……？」

ついひとり言が零《こぼ》れた。ここが鳳銘館であることに間違いはなさそうだが、明らかに地価の高い代官山の住宅街で、かなり贅沢《ぜいたく》に土地を使っていることに驚きを隠せなかった。

父は鳳銘館をずいぶんこき下ろしていたけれど、ここは文句なしの一等地だ。

爽良は少し怯《ひる》んだものの、とにかく訪ねてみようと、生垣が途切れている正面入り口まで歩く。

そして、そっと敷地の中を覗《のぞ》き込んだ瞬間、目の前に広がった光景に、思わず息を呑《の》んだ。

「嘘……」

敷地の奥にあったのは、煉瓦《れんが》造りの立派な洋館。

美しいステンドグラス風の窓に、漆喰《しっくい》と煉瓦の玄関ポーチ、そして、玄関に続く和風の石畳。

それは、数日前に予知夢で見た洋館とまったく同じだった。

「だけど……、ここって……」

強烈に覚えているのは、激しい炎に覆われる光景。

ふと、ネットで見た連続不審火の記事が頭を過《よぎ》り、背筋がゾクッと冷えた。爽良の予知夢が杞《き》憂《ゆう》に終わったことは、これまでに一度もない。

おそらく鳳銘館も、近いうちに標的になってしまうのだろう。そして、今度は間違いなくボヤ程度では済まない。

しかも、鳳銘館はアパートであり、予知夢のような激しい火事が起こってしまえば、多くの被害者が出るかもしれない。

考える程に焦りが込み上げ、一刻も早く知らせてあげなければと、爽良は衝動任せに敷地に足を踏み入れた――ものの。

それをいったいどう説明すればいいのだろうと、ふいに過った疑問に動きを止めた。

火事が起こる予知夢を見たと伝えたところで、普通は信じる者などいない。頭がおかしいと思われ、笑われるのが関の山だ。

爽良はその場に立ち止まったまま、頭を悩ませる。――そのとき。

「ワン！」

すぐ傍で犬の鳴き声が響き、ハッと我に返った。

見れば、大きな真っ白い犬が正面からゆっくりと近寄ってくる。警戒を滲《にじ》ませた鋭い視線で睨《にら》みつけられ、爽良は硬直した。

しかもその犬は、いかにも凶暴な見た目にも拘《かかわ》らず、どこにも繋《つな》がれていない。

爽良は恐怖に息を呑み、じりじりと後退《あとずさ》った。

すると、ふいに、背後に気配を覚える。

振り返ると、着物姿の年配の男が、石畳沿いの植木の根元を地面に這《は》いつくばって漁《あさ》っていた。

ついさっきは誰もいなかったはずなのにと小さな違和感を覚えたけれど、今の爽良には、そんなことを気にしている余裕はなかった。

「あ、あの……、住人の方ですか……？」

「――無い……やはり無い……」

よほど集中しているのか、男は爽良の声に反応せず、必死に地面を弄《いじ》っている。生成り色に細い縦縞《たてじま》の入った美しい着物の裾《すそ》が地面に着いているのに、気に掛ける素振りもない。

そうこうしている間にも、犬はじりじりと距離を詰めてくる。

「す、すみません……、い、犬が……」

「……池……か……。やはり、池……」

「あの……！　御堂さんって方は……！」

爽良は半ばパニックに陥り、大声を出した。

すると、男はぴたりと動きを止め、ようやく上半身を起こす。そして、目も合わせずに敷地の外を指差した。

「あっちに……、いるんですか……？」

返事はない。

しかし、もはや待っていられず、爽良は男にぺこりと会釈をすると慌てて敷地の外に出た。

犬が追ってくる気配はなく、爽良は鳳銘館から離れてほっと息をつく。

「出てきてしまった……」

冷静になった頭で改めて考えてみると、鳳銘館でほんの数分の間に起きたことは、なんだかどれも奇妙だった。

予知夢通りの洋館に、繋がれていない大型犬、そして、話を聞いてくれない住人らしき男。

男は、御堂の所在を尋ねると指を差してくれたけれど、それも本当かどうか怪しいものだ。むしろ、出ていけという意味だった可能性もある。

「だいたい、方向だけ教えてもらっても……」

ブツブツと文句を零しながらも戻る気にはなれず、爽良は、男が指し示した方向へ向かってしばらく歩いた。

とはいえ、相変わらず頭痛が酷《ひど》く、足取りも重い。ついには目《め》眩《まい》を感じ、爽良は道の端でしゃがみ込んだ。

膝《ひざ》に顔を伏せ、目を閉じてゆっくりと呼吸を繰り返す。――そのとき。

『――いつか、爽良が生き辛いと感じたときは――』

唐突に脳裏を過った、庄之助の言葉。

あまりにもハッキリと響いたことに驚き、爽良は勢いよく顔を上げた。

「……庄之助さん……？」

もちろん姿があるはずはなく、爽良はもう一度顔を伏せる。

――生き辛いと感じたときは……？

その先はどうしても思い出せなかった。ただ、心の奥の方には、それをどうしても求めてしまっている自分がいる。

私はずっと生き辛かったのかもしれない、と。

幼い頃からこれまで、目を逸《そ》らすことにすっかり慣れてしまった本音が、庄之助の声が引き金となって心の中に広がりはじめていた。

しかし、今さら、しかもこんなタイミングで向き合う余裕はなく、爽良はすべてを振り払うように首を横に振る。

そして、止まっていても仕方がないと無理やり立ち上がった瞬間、目の前に広がる住宅街の景色に、ふと違和感を覚えた。

視界が、なんだかグレーがかっている。

それは、妙なことが起こるときの前兆のひとつだ。

たちまち嫌な予感が込み上げ、爽良は来た道を戻ろうと振り返った。――しかし。

「あれ……？」

背後に延びていたのは、三叉路《さんさろ》。鳳銘館を出てからひたすら直線を歩いて来たはずだが、細い道がささくれるように枝分かれしているせいで、逆から見ると、自分がどこからきたのかわからなくなってしまった。

爽良は方向音痴ではないし、むしろ地図を読むのは得意な方だと自負していたけれど、目の前に延びる道は、どちらも通った覚えがない。

一旦《いったん》落ち着いて地図を開こうと、爽良はポケットから携帯を取り出す。しかし、ディスプレイは真っ暗で、電源ボタンを押してもなんの反応もなかった。

充電は十分にあったはずなのにと、ふたたび込み上げる違和感と不安。

そうこうしている間にも、辺りの空気が奇妙に張り詰め、息苦しさを覚える。

不穏な予感がみるみる膨らみ、爽良は焦りに突き動かされるように右側の道へと足を踏み出した。たとえ間違っていたとしても、太い道を選びながら歩けばいずれは大通りに繋がるだろうと。――しかし。

どんなに進んでも大通りに出ることはなく、一本道は延々と続いた。まるで同じ場所をぐるぐる回っているような気すらして、爽良はついに立ち止まる。

辺りを見渡しても、普通はあるはずの住所の表示も見つけられず、人影もなければ車も通らない。

まるで即席で作った箱庭のように、特徴のない無機質な街並みがひたすら続いている。

爽良は途方に暮れ、その場に座り込んだ。

そして、やはり違和感を覚えた瞬間に引き返すべきだったのだと、強行したことを心から後悔した。

しかし、今さらそんなことを考えてもどうにもならない。

爽良は、何度も恐ろしい目に遭ってきた過去を思い返しながら、どんなときもたった一人で耐え忍び、乗り越えてきたはずだと自分を奮い立たせた。

目を閉じてゆっくりと深呼吸をすると、わずかに不安が落ち着きはじめる。

そして、ふたたび目を開けた、瞬間。

心臓が、ドクンと大きく鼓動した。

爽良の目の前には、十歳くらいの少女が立っていた。

「え……」

爽良が目を閉じていたのは、ほんの束の間。いくらなんでも不自然だと、額に嫌な汗が滲む。

少女は水色のワンピースに黒いエナメルの靴を履き、いかにも育ちのよさそうな出立《いでた》ちだったけれど、爽良を見つめる目はどこか空虚だった。

この子はきっと人ではない、と。

長年、培ってきた勘が、そう訴えていた。

爽良がじりじりと後退りすると、少女は逆に、一歩距離を詰める。胸まである髪がふわりと揺れ、ツヤツヤに磨かれたエナメルの靴からコツンと小気味の良い音が響いた。

——そして。

「どこにいくの」

静まり返った街に響いた、抑揚のない声。

爽良は、激しく動揺した。

なぜなら、これまでに多くの霊と遭遇してきたけれど、これ程はっきりと、確実に自分に対して問いかけられたことなんて一度もない。記憶にあるのは、ひたすら苦痛を訴える唸《うな》り声や泣き声ばかりだ。

ふと、この少女は本当に霊なのだろうかという疑問が頭を過《よぎ》る。人と見分けがつかない霊があまりに多く、疑いすぎてしまっているのではないかと。

「鳳銘、館に……」

爽良は、まっすぐ向けられる視線に誘い出されるかのように、なかば無意識に少女の問いに答える。

すると、少女はさらに爽良との距離を詰めた。

「一緒に帰ろう」

「え……？　帰……」

言葉の意味を理解する間もなく、少女は爽良の手首を摑《つか》んで歩きはじめる。

その手は、まるで氷のように冷たかった。

「待っ……」

やはり、違うと。

これは生きている者の体温ではないと、爽良はその瞬間に確信を持つ。

咄嗟《とっさ》に振り解《ほど》こうとしたけれど、手首を摑む力は少女のものとは思えない程に強く、びくともしなかった。

少女はなにも言わず、爽良が歩いてきた道をまるで機械のように淡々と進む。恐怖と不安で、爽良はもはやパニック寸前だった。

しかし、――そのとき、ふいに小さな違和感を覚える。

少女にはまったく見覚えがないのに、少女の纏《まと》う冷たい気配を、なぜだか爽良は記憶していた。

そんなわけがないと思うのに、危うげで不穏なこの気配を知っていると、全身の感覚が訴えかけてくる。

しかも、おそらくそんなに昔の記憶ではない。

爽良は引きずられるように歩きながら、ここ最近の記憶を辿《たど》った。そして、ふいに思い出したのは、ついこの間、就活帰りに背後から感じた不気味な気配のこと。

礼央から声をかけられた瞬間に消えてしまったけれど、少女の気配は、あのとき感じたものとよく似ている。

もしかして、あのときからずっと目を付けられていたのではと、嫌な考えが浮かんだ。

だとするなら、この少女は無作為にではなく、爽良を認識した上で、なんらかの目的を持って現れたということになる。

そう考えた途端、これまでに経験のない恐怖が込み上げ、全身が震えた。

「どう、して……」

自分の意思とは無関係に、心の声が口から零《こぼ》れる。

すると、少女は突如立ち止まり、くるりと振り返った——けれど。少女の顔は、さっき見たものとはまったく違っていた。

「っ……」

悲鳴は声にならず、爽良は息を呑《の》む。

少女の顔は、もはや元の顔を思い出せないくらいに真っ黒に焼け爛《ただ》れていた。目があるはずの場所は抉《えぐ》れ、ふたつの眼窩《がんか》がぽっかりと空いている。

水色のワンピースは元の色が思い出せない程に真っ黒に汚れ、焦げて灰になった髪が風に煽《あお》られてボロボロと散っていく。

恐怖で思考が止まってしまった爽良に、少女はぐいっと顔を寄せた。そして、皮膚がえぐれた痛々しい唇を開く。

『――裏切り者』

まるで心臓を直接摑まれたかのような激しい動悸《どうき》に襲われ、意識がフッと遠退《とおの》いた。

爽良はがっくりと膝《ひざ》をつき、正面に迫る少女のおぞましい姿をただ呆然《ぼうぜん》と見上げる。

少女は爽良の目をとらえたまま、眼窩から黒ずんだ液体をどろりと零した。伝わってくるのは、激しく滾《たぎ》る怒り。――そして。

『また、わた、しから、逃げ――』

突如、これまでの淡々とした口調から一転して、苦しそうにそう呟《つぶや》いた。

しかし、精神の限界をとうに超えていた爽良は、その言葉を最後まで聞くことができないまま、ついに意識を手放す。

ただ、視界が暗転し、体が深く沈んでいく感覚を覚えながらも、少女が口にした「裏切り者」という言葉がいつまでも心の中に余韻を残していた。

不思議な夢を見た。

それは、知らないアパートの暗い庭で、小さく灯《とも》る炎をただじっと見つめる夢。それはチリチリとかすかな音を立てながら、少しずつ勢いを増していく。

心の中は空っぽで、揺れる炎を見て思うことはなにもない。

やがて、突如吹き荒れた強風によって炎が大きく揺れ、辺りに火の粉が舞い散った。

その瞬間、爽良はふと我に返る。

「――これ、夢じゃない……」

現実であるとハッキリ自覚したのは、髪の毛が焼ける嫌な臭いを嗅《か》いだ瞬間。

爽良は散った火の粉で焦げてしまった毛先に触れ、手についた煤《すす》を見て愕然《がくぜん》とした。

なにがどうなっているのか、状況がまったく理解できない。けれど、炎は目の前で少しずつ勢いを増していく。

ここから離れなければと思うのに、膝が震えて立ち上がることができない。

「だ、誰、か……」

人を呼ぼうにも、全身が強張《こわば》って上手《うま》く声が出せなかった。

そうこうしている間にも、炎は蔓延《はびこ》る雑草に燃え移りながらさらに広がっていく。

爽良は身動きひとつ取れず、その恐ろしい光景をただ見ていることしかできなかった。

しかし、そのとき。

「――結構燃えてるじゃん……」

突如響いた、妙に緊張感のない声。

視線を向けると、立っていたのは声から想像する通りの軽薄そうな茶髪の男だった。

まったく頭の回らない爽良を他所《よそ》に、男は手にしていた消火器を構え、炎に向けてレバーを引く。すると、炎は噴射する消火剤に消しとばされるかのように、あっという間に鎮火した。

辺りはしんと静まり返り、残ったのは灰と真っ白に広がる消火剤。

爽良はほっとする一方で、突如現れた男の無駄のない動きにただただ驚いていた。

ポカンと見上げると、男は爽良の正面にしゃがみ、肩に散った消火剤を払ってくれながら眉《まゆ》を顰《ひそ》める。

「君、放火犯？」

「は……？」

質問の意味を理解するには、時間が必要だった。

けれど、放火犯と聞いた途端にネットで見た連続ボヤ事件の記事が頭を巡り、サッと血の気が引く。

この状況では、爽良は明らかに不審者だった。まずもって不法侵入だし、目の前で起こったのはボヤ以外の何物でもない。

犯人だと疑われても仕方がない窮地に立たされ、爽良はなにも言えなくなってしまった。

しかし、男はしばらく爽良を見つめた後、突如人の悪い笑みを浮かべ、頭をぽんと撫《な》でる。

「いやいや、違うなら否定して」

「え……？」

「そのポカンとした表情、庄之助さんにそっくりだわ。……君、お孫さんの爽良さんでしょ？」

「そうです、けど……」

男の口から庄之助と自分の名前が出た瞬間、爽良はますます混乱した。

しかし、男はなんの説明もくれずに爽良の腕を引いて立ち上がらせる。

「とりあえず、ここを離れようか。犯人だと疑われても面倒だし、防犯カメラはどうせショートさせてるだろうから平気だよ」

「させてる……？　誰が……」

「真犯人に決まってるじゃん。……ってか、行くんでしょ？　鳳銘館に」

「鳳銘館って……、あの、あなたはいったい……」

尋ねながらも、男が鳳銘館と口にしたときから、爽良には問いの答えがわかっていた。

鳳銘館の関係者で爽良の存在を知る人間なんて、一人しか考えられない。

すると、男は爽良の腕を引いてアパートの敷地を抜け出し、なにごともなかったかのように涼しい表情を浮かべた。

「手紙、読んだんでしょ？　俺は鳳銘館の管理人代理をしてる御堂吏だよ」

「やっぱり……」

御堂吏とは、庄之助からの手紙に記されていた名前。やはりと思う一方で、爽良はその若さに驚いていた。

というのも、爽良は手紙を読んだとき、庄之助は御堂という人物に大きな信頼を寄せているのだろうという印象を持った。

大切な場所の管理人代理を任せ、しかもそれを請けてくれる間柄となると、付き合いも長いのだろうと、勝手に庄之助の同年代を連想してしまっていた。

しかし、御堂と名乗った男は、せいぜい三十歳前後。そして、その軽くて適当な口調も妙に人懐っこそうな表情も、おぼろげに残る庄之助の印象とはまったく繋《つな》がらなかった。

「あの、御堂さんは、いつから祖父と……」

あからさまに探りを入れるような口調になってしまった爽良を、御堂は可笑《おか》しそうに笑う。

「それはまたおいおい説明するから。それよりも、先にさっきのこと聞いていい？　どうしてあそこにいたの？　火が出る前、なにがあった？」

「え……っと」

尋ねられた瞬間に思い出すのは、少女の霊のこと。ただ、それをそのまま伝えれば異常者扱いされてしまうことは、経験上明らかだった。

「鳳銘館を訪ねた後、道に迷いまして……、女の子に道を聞いたあたりから、具合が悪くなって……、そこから記憶が曖昧《あいまい》というか……」

爽良は、当たり障りのない言葉を慎重に選び、御堂に伝える。——しかし。

「女の子って、水色のワンピース着た、地縛霊の？」

サラリと返された言葉に、爽良は自分の耳を疑った。

「地縛霊……？」

「そう。大昔に火事で亡くなって以来、ずっと成仏できない子。庄之助さんがずっと可愛がっていたんだけど、庄之助さんが亡くなって以来、避けられてるんだって勘違いして、めちゃくちゃ腹を立ててるみたい。あんなに良くしてもらったのに、霊ってほんと理不尽だよね」

「あの……」

「庄之助さんの馴染《なじ》みだからなんとかしてあげたいんだけど、俺って寺の息子だし本来祓《はら》う方専門だから、すごい警戒されてるんだよね。ずっと捜してるのに見つかんなくて、ボヤの現場はどんどん鳳銘館に近付いてきてるし。……次は鳳銘館を燃やすぞっていう脅しのつもりだろうけど、毎日消火器持って見回りする俺の気持ちにもなってほしいわ」

「ちょっと待っ……」

「庄之助さんが亡くなって以来そういう霊がゴロゴロいて、困っちゃうよね。もう俺もいい加減疲れたし、そろそろ片っ端から祓っ――」

「み、御堂さん……！」

御堂は世間一般で妄言だと判断されかねない内容を、平然と喋《しゃべ》り続けた。爽良の頭ではとても処理が追いつかず、衝動的に口を挟む。

「どした？……ってか、まさか違う霊だった？」

「そうじゃ、なくて……。あの、……視えるんですか……？」

「は？」

「……霊が、視えるんですか？」

しばしの沈黙。

御堂はこてんと首をかしげ、爽良を見下ろす。

「……なに、その質問」

「なにって……、だって地縛霊とか祓うとか……」

「は……？　えっと……、ちょっと待って。君さ……」

御堂は立ち止まり、悩ましげに手で額を覆う。――そして。

「まさか、誰にも話さずに生きてきたの？」

信じられないといった表情で、爽良にそう問いかけた。

「それは……、だって……」

「マジか。……でも、さっきの霊もハッキリ視えたんでしょ？……どうすんの、そういうとき。視えないフリして堪《こら》えてたの？」

「当然です……。どうせ信じてもらえませんし、両親からも気味悪がられますから……」

「冗談でしょ……。不憫《ふびん》すぎて言葉が出ないんだけど。そんなんじゃ、鳳銘館に呼びたくもなるよな……」

「あの……、庄之助さんも視えてたってことでしょうか……」

「それも知らないの？……視えるどころの騒ぎじゃないよ。あの人は極めて特殊。あの人の血筋なら君も相当強いはずなのに。……本当に、ご愁傷様」

　口調こそ軽いものの、御堂は心から同情しているように見えた。そんな反応をされたことは過去に一度もなく、爽良は逆に戸惑う。

　すると、御堂は爽良の背中をぽんと叩《たた》いた。

「とにかく、俺の前ではなにも隠す必要ないから。視えたものはそのまま教えて」

「……は、はぁ」

「大丈夫、全部信じるから。君に視えるものは全部、俺にも視える」

　ふいに、心がぎゅっと震えた。

　そんな、誰からもかけられたことのない言葉をキッカケに、数々の辛《つら》かった記憶が次々と脳裏に蘇《よみがえ》ってくる。

　もしあの頃に同じ言葉をかけられていたならどんなに救われただろうと、想像しただけで胸が詰まった。

　けれど、これまで誰にも頼ることなく、なにもかもをひた隠しにしたまま大人になった爽良にとって、初めて出会った同類への頼り方なんてわからない。

「どした？……大丈夫？」

　急に黙り込んだ爽良を心配してか、御堂が顔を覗《のぞ》き込んだ。

「……すみません、大丈夫です」

爽良はできる限り平静を装い、首を縦に振る。

やがて、視線の先に、鳳銘館の生垣が見えた。

ほんの数十分前に来たばかりだというのに、ずいぶん久しぶりに感じられた。

御堂は先に敷地に足を踏み入れ、入り口で立ち止まる爽良に手招きをする。

「どうしたの？　庄之助さんの部屋に案内するからおいで」

「……あの、犬が……」

「犬？……ああ、大丈夫大丈夫、今は出てこない」

「でも、繋がれてなかったから……」

「大丈夫だって。ほら」

御堂は爽良の腕を引き、玄関の戸を開けると爽良を中へと促した。

爽良は犬の気配にビクビクしながら小走りで玄関に入り、ほっと息をついたのも束の間、目の前に広がる光景に息を呑《の》む。

まず驚いたのは、あまりに広い玄関ホール。

三階まで吹き抜けになっていて、正面には見たことがない程大きなステンドグラスの窓があり、さまざまな色のガラスで美しい幾何学模様が彩られていた。

タイル張りの土間には飾り格子の戸が付いたシューズボックスが置かれ、ホールにも同じデザインのチェストが並び、中に美しい陶磁器がずらりと並んでいる。

ホールの左側にある階段にはベルベットの絨毯《じゅうたん》が敷かれ、手摺《てす》りの柱一本一本に違う模様が刻まれていた。

「……すごい」

「元々は華族が住む邸館だったって話は聞いてる？　庄之助さんがここを買い取ってすぐにアパートに改装したんだけど、この玄関ホールはほとんど当時のままなんだって。家具もそのままだし、手摺りの装飾は他の部屋にあったものを再利用したんだとか。なんていうか、ひとつひとつ丁寧に造られたのが伝わってくるよね。ま、とにかく古いから今もしょっちゅう修繕してるけど、この雰囲気を壊さないようにいつもかなり気を遣ってるよ」

「すごく素敵です。それに、なんだか懐かしいような……」

鳳銘館に来たことなんてないはずなのに、それは不思議な感覚だった。すると、御堂が小さく笑い声を零す。

「わかる。庄之助さんって、まさにこういう空気の人だったし」

「……こういう、空気？」

「うん。うまく言えないけど、こういう空気」

わからなくもないと、爽良は思う。

ここに立った瞬間に覚えた温かみは、庄之助との記憶を思い出したときに込み上げてくる、優しく包み込まれるような心地とよく似ていた。

「とりあえず、庄之助さんが使ってた部屋に案内するね。管理人室だから、もし君がここのオーナーになって管理人もやる場合、住むことになる部屋だよ。共同玄関だから靴はここで脱いで」

御堂はそう言うと、玄関ホールの右手にある戸の鍵《かぎ》を開ける。ノブには、「管理人室」と書かれた木の表札が下がっていた。

ドキドキしながらそっと中を覗き込むと、戸の向こうはすぐにダイニングキッチンがあり、そのさらに奥に少し広めの洋室が見える。

ダイニングキッチンの右側にある、飾り格子に色付きガラスが嵌《は》められた大きな窓が、とても印象的だった。外から色とりどりの光が差し込む光景は美しく、幻想的な雰囲気を醸し出している。

部屋は全体的に年季が入っているけれど、目で見てわかるような傷みはなく、とても大切に使われてきたことが感じ取れた。

「綺麗《きれい》ですね。それに、すごく広いですし」

「管理人室は１ＤＫだから、貸してる部屋より一室少ないんだけど、その代わり広いんだよ」

「なるほど……」

ただ、広いといっても部屋の中はほぼ空っぽだった。庄之助の遺品が残っていると思い込んでいたけれど、確認できるのは、いくつかの家具のみ。

「庄之助さんの私物、ほとんど残ってないんですね」

　爽良は部屋をぐるりと見回し、御堂に尋ねる。すると、御堂は少し困ったように肩をすくめた。

「ね。俺も知らなかったけど、生前に片付けてたみたい。まるで、自分の死期を知ってたみたいに」

「そんなこと……」

「べつにあり得るよ。さっきも言ったけど、あの人はいろいろとずば抜けてるし。ただ、そこに置いてあるチェストや椅子は、ここを手放した華族が置いていったものらしくて、気に入ってたみたいだよ。ここに住むなら使ってあげて。きっと喜ぶから」

　御堂はそう言いながら、大切そうにチェストを撫《な》でた。その表情を見ていると、御堂がいかに庄之助を慕っていたか、聞くまでもなく伝わってくる。

　そして、同時に、ひとつの疑問が浮かんだ。

「……あの」

「うん？」

「……庄之助さんは、どうしてここを私に……、管理を任せていたあなたにではなく、私に遺《のこ》そうとしたんでしょうか」

「うん？……なんで？」

「だって……、父は庄之助さんと絶縁していますし、お葬式にすら出ず、そもそも亡くなったことを知ったのだって一ヶ月も経ってからです。……あなたの方が、よほど……」

「よほど、息子みたいだって？」

「…………」

あっけらかんと言い放つ様子を見て、もしかしたら、似たような質問に答え慣れているのかもしれないと爽良は思った。

御堂は少し考えた後、なにかを思いついたようにチェストを指差す。

「そういえば、もし君が尋ねてきたら棚の中の手紙を渡してほしいって、俺宛の手紙に書いてあったんだった。まあ、知りたいことが書いてあるかどうかはわかんないけど、とりあえず読んでみたら？」

「手紙、ですか……」

言われた通りにチェストの一番上の引き出しを開けてみると、白い封筒が一通だけ入っていた。

遺言状と一緒に遺されていた爽良宛の手紙と同じく、表に達筆な文字で「鳳爽良殿」と書かれている。

開けてみると、丁寧に折り畳まれた二枚の便箋《びんせん》が入っていた。

緊張しながらそっと開くと、最初に綴《つづ》られていたのは、爽良が鳳銘館を訪ねたことに対するお礼。それから、遺言だからと重く捉《とら》えずに、やりたいようにしてほしいという念押し。――そして。

「……だが、もし爽良が今生き辛《づら》いなら、ここに来れば心の自由を感じられるかもしれない……？」

便箋の一枚目を締め括《くく》るその言葉を、爽良は無意識に声に出していた。すると、爽良の脳裏で、記憶の中にある庄之助の声が重なる。

『――いつか、爽良が生き辛いと感じたときは、うちにおいで。そうすれば、きっと爽良の心は自由になる』

さっきは思い出せなかった、ずっと昔に庄之助が爽良を抱き抱えて言った言葉の続きが、手紙を読んだ瞬間にはっきりと蘇《よみがえ》った。

「心が自由に……って、どういう……」

酷《ひど》く抽象的な言い方だと思うのに、なんだか心がざわざわしている。まるで、ずっとその言葉を欲していたかのように。

「知りたかったこと、書いてあった？」

ふいに、御堂が手紙を持ったまま固まる爽良の顔を覗《のぞ》き込んだ。

爽良はハッと我に返り、手紙をぎゅっと握りしめる。

「いえ……。でも……」

「うん？」

「……なんだろう、変な感じ……」

「談話室で少し話そうか。お茶淹《い》れるよ」

御堂はそう言うと、部屋の戸を開けた。

爽良は一旦《いったん》手紙をバッグに仕舞い、部屋を出る。すると、御堂は玄関ホールの奥から左右に延びる廊下を左側に進み、一番手前にある両開きの戸を開け、爽良を中へと促した。

「ここが談話室。そこのソファで少し待ってて」

「お邪魔、します……」

談話室は、大きなソファセットが印象的な広い部屋だった。右奥にはバーカウンターがあり、御堂はそこへ入ると慣れた手つきでケトルに水を入れる。

予想はしていたけれど、談話室も他の場所と同様、異国情緒に溢《あふ》れていた。

なにげなく座ったソファもいかにも高価そうな深いブラウンの革製で、肘掛《ひじか》けに飾り鋲《びょう》が打たれ、西洋の映画に出てきそうな雰囲気が漂っている。

ひときわ大きな窓に掛かるボルドー色のカーテンが、左右で束ねられて美しいドレープを描いていた。

「談話室なんて、珍しいですね……。シェアハウスみたい……」

なかば無意識に呟《つぶや》くと、御堂の笑い声が響く。

「トイレや簡易的な洗面台は各部屋にあるけど、玄関も風呂《ふろ》も共同だし、シェアハウスとそう変わんないよ。ちなみにこの部屋は元々サロンっていって、いわゆる応接室だったんだって。窓が大きくて雰囲気もいいし、改装するのが勿体《もったい》ないからそのまま談話室にしちゃったんだとか」

「今も、住人の方が集まるんですか……？」

「まあ、ほとんど全員が顔見知りだしね。ごくたまにだけど、ここで呑《の》んだり喋《しゃべ》ったりしてるよ」

「庄之助さんもですか……？」

「もちろん。彼がいると人が集まったから。……どうして？」

「……いえ」

爽良はこれまで、庄之助は孤独な人生を送ったのだと思い込んでいた。なぜなら、父から何度も「あんな変人は誰からも嫌われて避けられる」とか、「そうなりたくないなら、おかしなことを口にするな」と、繰り返し聞かされていたからだ。

けれど、談話室で過ごす庄之助を想像すると、孤独という言葉とあまり繋《つな》がらない。大きな窓から外を眺め、ふらっとやってきた住人と言葉を交わし、ゆったりとした時間を過ごす姿が、頭の中にやけにリアルに思い浮かんだ。

ぼんやりしていると、ふいに漂う紅茶の香り。視線を向けると、御堂がテーブルに美しい柄のカップを並べ、正面に座った。

「……さて。おかしな出会いだったから順番がおかしくなったけど、ひとまず俺の自己紹介をしてもいい？」

そう言われて改めて考えてみると、御堂吏という人物は謎だらけだった。

霊が視えるとあっさり口にしたことにも驚いたが、庄之助との関係性もいまいちよくわからない。

爽良が頷《うなず》くと、御堂は人懐っこい笑みを浮かべた。

「ざっくり言えば、俺は鳳銘館の住人だよ。住みはじめたのは十年くらい前だけど、うちの父と庄之助さんが友達だったから、庄之助さんのことは子供の頃から知ってる」

「ご実家は、さっきお寺だと……」

「そう。父は住職。ちなみに、庄之助さんの葬式を仕切ったのも父だよ」

「それは、ずいぶんご迷惑を……」

「いやいや、父と庄之助さんの間での約束だったし、息子たちの手を煩わせたくないっていう希望があったみたいだから、君が気に病むことはないんだ。……ちなみに、庄之助さんはうちの墓地に自分のお墓を用意していて、もうすぐ納骨だから、そのときは良ければ一緒に行こう」

「はい……、是非」

もし庄之助が亡くなってすぐに連絡があったとしても、正直、父が葬式を出すとは思えなかった。

おそらく庄之助にとっても、友人である御堂の父親に任せた方がずっと気が楽だったのだろうと爽良は思う。他人に任せてしまった自分たちを正当化したいだけの都合のいい憶測だとわかっていながら。

なんとも言えない複雑な気持ちが、心に広がっていた。

「……で、話の続きだけど、庄之助さんはここに外部の人間が入るのを嫌うから、管理会社に任せたことがなくて、会計関連はもちろん、庭の手入れやら修繕やら掃除やら、もちろん入退去の手続きからお金の管理諸々《もろもろ》まで全部自分でやっていたんだけど……。なにせ高齢だからさ、俺が学生だった頃から少しずつ代理でやるようになって。……で、正式に管理人代理として働いてくれって言い出して、今に至るっていう流れ」

「なるほど……、そういうことだったんですね」

「うん。……ただ、もし君が鳳銘館のオーナーになる場合は、俺の処遇も含めて好きに決めていいからね。もちろん、普通に管理会社を入れてもいいし、その場合は俺はいち住人に戻るだけだから。ちなみに君が相続を辞退する場合は、遺言状によればうちの父に譲渡されるみたいだよ」

　急に具体的な話になったものの、爽良にはまだ、相続するということをいまひとつリアルに想像できないでいた。

　ただ、御堂の話を聴きながら、ひとつだけ気になることがあった。

「好きにしていいって言いますけど、……もし、私が……」

「うん」

「相続した上で売却するって言い出したら、どうするんですか……？」

　それは、通常なら十分に考えられる仮定だった。爽良には鳳銘館に対する愛着はないし、庄之助とも幼い頃以来会っていない。

にもかかわらず、大切にしていた鳳銘館の行く末を爽良に委《ゆだ》ねるなんて、あまりにリスクが高すぎるように思える。

しかし、御堂は動揺ひとつせず、平然と笑った。

「その場合は、俺が買うだけだよ」

あまりにあっさりと言われ、爽良は面食らう。

「買うって……。ここは代官山ですし、あまり詳しくない私ですらとんでもない売価になることは容易に想像できるんですが……」

「大丈夫。大概の人は更地を条件にするだろうけど、俺は鳳銘館ごと、誰より高値で買う」

「…………」

「だから、どのみち鳳銘館は残るよ」

爽良は、絶句した。ただ、この人はいったい何者なのだろうという疑問の陰で、ひとつだけはっきりしたことがあった。

それは、鳳銘館を守る術《すべ》は、爽良に頼らずともいくらでもあるという事実。つまり、庄之助は爽良に、本来は必要のない選択肢を与えたことになる。

「どうして……」

爽良はふたたび混乱した。

軽い眩暈《めまい》を覚えて額を押さえると、御堂は慌てて立ち上がって爽良の手からカップを取り、背中を支える。その完璧《かんぺき》と言える手助けが、高齢だった庄之助との生活をリアルに想像させた。

「そりゃ驚くよね。急に相続してくれだなんて。ただでさえ庄之助さんは変わり者だし。……ってか、手紙は全部読んだ？」

「あ、そういえば……」

そう言われて思い出したのは、読みかけだった手紙。爽良はバッグに仕舞った封筒から便箋《びんせん》を取り出し、二枚目に視線を落とす。

そして、早速一読し、ふたたび頭を抱えた。

「どした？」

「なんか、また変なことが……」

爽良は首をかしげる御堂に便箋を渡す。

二枚目は、「もし爽良が鳳銘館の主人になった場合は」という前置きから始まっていた。――そして。

「どうか、私の大切なものを見つけてほしい……？」

御堂が最後の一文を読み上げ、眉《まゆ》を顰《ひそ》める。

これまで以上にぼんやりした内容に、爽良は溜《た》め息をついた。

「大切なものって……。それこそ、御堂さんに頼んだ方がいいんじゃないでしょうか……。庄之助さんが大切にしていたものなんて、私にわかるはずがないですし……」

「いや、俺だってそんなの聞いたことないよ。……ってか、見つけてほしいってことは、失くしたってことかな」

「だとしたら、なにを失くしたかくらい書いてくれても」

「確かにね。……じゃあ、隠したのかも。君宛のなにかを」

「え……？」

考えもしなかった推測に、爽良は目を見開いた。

もしそうなら、あえて失《う》せ物の正体を明かさない理由も、わざわざ爽良に頼む理由にも納得がいく。

わからないのはその目的だけだが、ただ、それがもっとも肝心だった。

爽良は背もたれにぐったりと脱力し、天井を仰ぐ。

「なんだか、頭がいっぱいすぎて、よくわからなくなってきました……」

すでに、思考能力は限界だった。

思い返せば、今日はあまりにいろんなことがあった。少女の霊に遭遇して恐ろしい目に遭い、御堂に助けられ、しかも自分と同じく霊が視えることを知り、鳳銘館では生前の庄之助の気配を感じ、頼み事をされた。

ひとつひとつの出来事が濃密すぎて、とても処理しきれない。

「まあ、そんなに急いで考えることもないから。君が重荷だと思うなら全部放棄したっていいんだし、すべて忘れて元通りに生活しても誰も君を責めない。ゆっくり考えたらいいよ」

「……そうします」

爽良は頷き、ソファから立ち上がる。気付けばもう夕方で、窓から差し込む光は少しオレンジがかっていた。

「ご馳走様《ちそうさま》でした。……今日は帰ります」

「送るよ」

「え、でも」

「いいから。君、狙われてるし」

「………」

そう言われると断る気になれず、爽良は素直に頷く。

御堂は可笑《おか》しそうに笑い、爽良の肩にぽんと触れた。

「さ、行こうか」

鳳銘館を後にし、駅に向かって歩きながら、爽良はぼんやりと庄之助のことを考えていた。

庄之助も視える人間だったという事実には驚いたものの、少し冷静になれば妙にしっくりくる。

庄之助のことをあまり知らないまま会う機会を失い、ほとんど記憶を持たない爽良はあまり考えたことがなかったけれど、父が異常なまでに嫌っていた理由はまさにそれなのだろう。

　頭の固い父が、見えもしない存在のことを語る庄之助を嫌うのは当然であり、自分の娘が同じようなことを言い出したとなれば、庄之助の影響だと考えても不思議ではない。

　絶縁という方法を選んだ父を極端だと思う一方で、父に視える体質がまったく遺伝しなかったことは、考えようによっては不幸なのかもしれないという気持ちも生まれていた。

「……ところでさ」

「え……？　あ、はい……！」

　突然話しかけられ、爽良はハッと我に返る。

　すると、御堂は少し真剣な表情を浮かべた。

「君が今日会った女の子のことなんだけど……、君が狙われる理由は、君を庄之助さんと勘違いしてるからだと思うんだよ」

「はい……？」

「似てるからね、かなり。もちろん見た目じゃなくて、気配が」

「気配、ですか……」

「同じ血筋だから似るのは普通なんだけど、それにしても異常に似てる。だから、君を庄之助さんだと思い込んで、急にいなくなったことへの怒りをぶつけているんじゃないかと」

　それは、奇想天外な話だった。

　これまでに数々の霊を視てきたけれど、霊たちの感情や抱える背景のことなんて、考えたこともない。

　ただ、強烈に覚えているのは、少女が口にした「裏切り者」というひと言。庄之助と勘違いして口にした言葉だとすれば、御堂の話と辻褄《つじつま》が合う。

「そういえば……、少し前に、同じような気配に追われたことがあります」

「嘘、あの子君の家まで行ったの？……庄之助さんの気配が残る遺言状にひっついてたのかもな……。で、そっくりな君を見つけたってところか」

「あの……、大丈夫なんでしょうか……」

「大丈夫……ではない」

「え……？」

「向こうからすればようやく目的の相手を見つけたわけだし、付き纏《まと》われるだろうなぁ。しかも、経験上、行動はどんどんエスカレートする可能性が高い」

　最悪なことをあっさり言い渡され、爽良は愕然《がくぜん》とした。今日以上に恐ろしい目に遭うなんて考えたくもないし、万が一にも自宅で出くわしてしまえば、両親の前で動揺せずにいられる自信がない。

「そんな……」

　あまりのショックに、爽良は思わず立ち止まった。

すると、御堂は少し先で足を止め、ゆっくりと振り返る。そして。

「……ちゃんと伝えればいいだけなんだけどね。自分は庄之助さんじゃないんだってことを」

それは、冗談のような提案だった。普段ならふざけないでと文句を言うところだが、御堂の表情は口調とは裏腹に真剣で、爽良は黙って続きを待つ。

「これまでの君は考えもしなかったんだろうけど、霊だって元は普通に生きてた人間なんだから、言葉はちゃんと伝わる。……っていうのが、庄之助さんの口癖」

「伝わるって言われても……」

「言えばいいんだよ。納得させられたら、彼女の怒りもきっと鎮まるから」

「霊を説得しろってことですか……？」

「……まあ、俺はそんな危険なことせずにさっさと祓《はら》いたい派だけど。でも君ならできるんじゃない？　庄之助さんの孫だし」

「そんな……」

御堂はそう言うが、庄之助の孫だからという根拠は、爽良にとってはあまり説得力がなかった。

とはいえ、御堂に文句を言うのはさすがに筋違いだと、爽良はどこにもぶつけようのない不安と絶望感を心の中に押し込めたまま、ふたたび駅へ向かって歩きはじめる。

代官山駅に着くと、今後のためにと御堂と連絡先を交換して別れ、一人になった爽良は、帰りの電車に揺られながらそっと溜め息をついた。

心は相変わらずざわざわと落ち着かない。

いろんなことを知りすぎてしまったせいで、心の中に、もうこれまで通りの日常は送れないのではないかという漠然とした不安が広がっていた。

ただ、鳳銘館を訪ねたことが間違った選択だったとは、不思議と思えなかった。

やがて世田谷駅に着くと、爽良は自宅へ続く坂道を足早に歩く。父より遅く家に帰れば、求職中の身でどこへ行っていたのだと、小言が飛んでくるのが目に見えているからだ。

スーツで出掛けていれば誤魔化《ごまか》しも利いたのにと、爽良はそこまで頭が回らなかった今朝の自分を悔いた。

ふと、いっそ礼央の家で就職の相談に乗ってもらっていたことにすれば揉《も》めないのではないかと思いつく。礼央の家は父子家庭で、会社を経営する父親は忙しくてほとんど家にいないし、礼央さえ黙っていればバレることはない。

ただ、二十三歳にもなって幼馴染《おさななじみ》の名を借りなければならない自分のふがいなさには、さすがに嫌気がさした。

足取りはいつも以上に重く、見上げれば、坂の上にそびえ立つ無機質なマンションが見える。

「鳳銘館、素敵だったな……」

ふいに零《こぼ》れるひとり言。

建築やインテリアの知識をまったく持たない爽良ですら、鳳銘館には特別な魅力を感じたし、なにより包み込まれるような優しい雰囲気があった。

庄之助のことに相続にと、複雑なことをすべて抜きにすれば、シンプルに、住んでみたいとすら思う。

あの美しい玄関ホールで「ただいま」と口にする生活はどんな感じだろう。

ステンドグラスを通過する朝日を浴びる目覚めは、どんなに幻想的だろう。

少しずつ膨らんでいく妄想が、心を小さく震わせていた。――しかし、そのとき。

突如、背後に覚えたのは、それらを一気に拭《ぬぐ》い去る程の禍々《まがまが》しい気配。

たちまち周囲の空気が張り詰め、全身の肌が粟立《あわだ》つ。視界はグレーがかり、街灯はどんよりと曇って見えた。

後ろに、なにかがいる。

爽良は、はっきりと気配を感じていた。

伝わってくるのは、勘違いで済ませるにはあまりにも強すぎる存在感。

今立ち止まったらまずいと必死に歩き続けたものの、鼓動がどんどん速くなるにつれ、脚が震えて思うように前に進めない。

これまでなら、たとえ異様な気配を覚えたとしても、その存在に気付かぬふりをしていればいずれは消えてくれた。なのに、今日に関してはむしろ逆で、逃げれば逃げる程背中に感じる圧がどんどん強くなっていく。

あまり経験のない感覚に、心の中にはみるみる焦りと不安が広がっていた。

やがて恐怖に耐えられなくなり、もう無理やり撒《ま》くしかないと、爽良は坂道を駆け上がる。——けれど。

突如、足首になにかが絡まる感触を覚え、爽良は勢いよく倒れ込んだ。

体のいたるところに激しい痛みが走るが、そんなことに構っていられず、慌てて体を起こして足首を確認し、——思わず、息を呑《の》む。

絡まっていたのは、街灯に照らされて艶《つや》めく黒い束。

「これ……、髪の毛……？」

そう認識した瞬間、背中にゾワッと悪寒が走った。

振り払おうと足を引き寄せると、ブチブチと髪の毛が切れる不気味な感触が伝わってくる。

爽良はパニック寸前で、絡まる髪を無我夢中で引きちぎってなんとか立ち上がった。

——そのとき。

ふいに覚えた、刺さるような視線。

おそるおそる周囲を見渡すと、十メートル程後ろの脇道の角に立つ、ゆらりと動く人影に気付く。

それは、ブロック塀に体を半分隠したまま、爽良をまっすぐに見ていた。

同時に、辺りに突如漂いはじめる、なにかが焦げるような嫌な臭い。それを嗅《か》いだ瞬間、代官山で遭遇した水色のワンピースを着た少女のことが頭を過《よぎ》った。

爽良を狙っているのは、あのときの少女で間違いない。いたましく焼け爛《ただ》れた顔を思い出すと、全身に震えが走る。

付き纏われるという御堂の予告が当たってしまったことに、爽良は絶望していた。

しかし、同時に思い出したのは、「言葉はちゃんと伝わる」という助言。きちんと話して納得させれば、怒りは鎮まると御堂は言った。――しかし。

「……そんなこと、できるはずない……」

恐怖で追い詰められた極限の状況の中、とてもじゃないが、会話を試してみようと思える余裕なんてあるはずがなかった。

ただでさえ、少女が爽良に向ける視線からは強い怒りが伝わってくる。会話の叶《かな》う相手とは、とても思えない。

だとすれば、今の爽良に選択肢は一つしかなかった。

爽良は震える足をなんとか動かし、マンションへ向かって必死に走った。

幼い頃から、霊と目が合い追われたときには、ひたすら走って逃げる以外に方法はなかった。

そうやって必死に逃げて拒否し続けていれば、ほとんどの霊はいずれ爽良から興味をなくし、解放してくれた。

今回はいつもと違うとわかっていながら、それ以外の方法を知らない爽良は、夢中で坂を駆け上がる。

やがて、ようやくマンションのエントランスに辿《たど》り着くと、爽良はオートロックの扉の前で一旦《いったん》立ち止まり、おそるおそる後ろを確認した。

少女の影はどこにもないが、漂う空気にはまだ違和感が残っている。

爽良はバッグから鍵《かぎ》を取り出して扉を開け、エレベーターのボタンを連打した。けれど、狭い密室は危険な気がして、すぐに思い直し非常階段の扉を開ける。

爽良の家は、五階。まだ違和感の残る外の空気に気付かぬフリをしながら、一気に階段を上り、ようやく家の前に着くと、ひとまずほっと息をつく。

そして、息切れしながら勢いよく戸を開けた瞬間、廊下に立つ父と目が合った。

「……爽良。……そんなに慌ててどうした」

その目は、明らかに爽良の様子を訝《いぶか》しんでいた。

たとえば霊が視えたとき、必死に隠そうと挙動不審になる爽良に、父は必ずこんな目を向けた。

その表情を見た瞬間、まるで条件反射のように心がスッと凪《な》ぎ、爽良は首を横に振る。

「なんでも、ない……。む、虫が、いたから……」

「……くだらない」

「部屋に、戻るね」

逃げるように部屋に入ると、爽良はまずガラス戸の鍵を確認し、隙間がないよう注意深くカーテンを閉め、ようやくその場にへたり込んだ。

静かになると、リビングからかすかに両親の話し声が聞こえてくる。伝わってくる声のトーンは、やや険しい。おそらく自分のことを話しているのだろうと、爽良は重い溜《た》め息をついた。

帰る前に懸念したように、爽良が真面目に就活しているのかどうか母に問い詰めているのかもしれないし、さっきの爽良の様子を不審に思い、また庄之助への文句を言っているのかもしれない。

前者ならまだマシだと思いながら、爽良は膝《ひざ》を抱えて顔を伏せる。

そのままゆっくりと呼吸を整えていると、ふいに、これまでにあまり経験のない感情がじわじわと込み上げてきた。

それは、こんなとき、怖いと素直に言える相手がいたならどれだけ気が楽だっただろうという、無理だと決めつけて望んだことすらなかった思い。

急にそんなことを考えたきっかけは、言うまでもなく、今日の出会いにあった。

――『大丈夫、全部信じるから。君に視えるものは全部、俺にも視える』

御堂がさも当たり前のように言った言葉が、今も爽良の心に印象的に残っている。

あの瞬間、爽良は、自分が受け入れられる世界が存在するという可能性を知ってしまった。

相続などの複雑な問題は置いておいても、あの場所にいればこういう苦しみからは解放されるのかもしれないと、心が勝手に求めはじめている。

「庄之助さん……、心が自由になるってそういうこと……?」

爽良はバッグの中から庄之助の手紙を取り出し、もう一度読み返した。

すると、最初はまったく理解できなかった庄之助の思いが、力強い筆文字からじわじわと伝わってくる。

庄之助が、父に絶縁されて連絡する方法を断たれてからもなお、ずっと爽良を気にかけてくれていたことは、この手紙を読めば言うまでもない。

その理由は、自分の不思議な力が遺伝してしまった爽良の心を案じたからだろう。

だから、唯一の理解者となり得る自分の死を察したときに、遺言を残すという形で、鳳銘館を相続する選択肢を与えてくれたのだと考えると、「もし爽良が今生き辛《づら》いなら」という前置きも含め、すべてがしっくりくる。

「でも……」

爽良は、手紙を握りしめて俯《うつむ》いた。

庄之助の意図を理解した今、心の自由という言葉には強い魅力を感じているものの、手放しで飛び込める程単純な話ではなかった。

もし相続したいなんて言おうものなら、父がなんて言いだすかわからない。

そもそも爽良自身の生活も大きく変えなければならないし、そうなると、まず頭を過るのは、これまでずっと爽良の心の拠《よ》り所だった礼央の存在。

なにがあっても態度を変えない礼央が、どんなときも傍にいてくれたからこそ、爽良は誰にも理解されない苦しい日々を乗り越えることができた。

鳳銘館には御堂のような理解者がいて、なにも隠さず生活できることは夢のようだけれど、それは礼央と離れる喪失感に敵《かな》うものなのか、よくわからない。

なまじ、長い年月周囲を誤魔化《ごまか》しながら生きてきたせいで、たとえ苦しくとも今の生活が爽良にとっては日常であり、やり過ごす術《すべ》を知ってしまっているぶん、簡単に結論を出すことはできなかった。

ただ、たとえ爽良が現状維持を選んだとしても、逆に礼央が実家を出てしまえば二人の関係はおそらく終わる。

礼央がフリーランスになったのはそんなに前のことではないが、すでに仕事は安定しているようだし、いつ実家を出てもおかしくない。

だとすれば、現状維持といっても、結局はただの先延ばしだ。

だんだん考えることに疲れ、爽良は深い溜め息をついた。――そのとき。

「嘘……」

強烈な違和感を覚えたのは、吐いた息が真っ白に曇った瞬間。

階段を五階まで駆け上がり、すっかり息が上がっていたせいで気付かなかったけれど、部屋の中の空気は、常識では考えられないくらいにキンと冷え切っていた。

心臓が、みるみる鼓動を速める。まるで、これから起こることを予感しているかのように。

途端に脳裏を過ったのは、水色のワンピースを着た少女のこと。

家まで付いてきてしまったのだろうかと、爽良は咄嗟《とっさ》にベランダの方へ視線を向ける。

――すると。

ガラス戸は閉まっているはずなのに、突如、カーテンがゆらりと不自然に揺れた。

そして、その隙間から見えたのは、ベランダに立ち、爽良をまっすぐに睨《にら》みつける少女の姿。

「……っ」

声にならない悲鳴が零れた。

逃げなければと思うのに、体が強張《こわば》って動けない。

そして、ガラス戸が突如、音も立てずにスッと開いた。

同時に、長い髪の毛がじりじりと部屋の中に侵入し、爽良の両手足に絡み付く。

「……、め、て……」

もう、まともに声を出すこともできなかった。

ここまで追い詰められたことは、過去に一度もない。少女の霊は、これまでに遭遇してきた霊と比べて執着も恐ろしさも桁違《けたちが》いだった。

やがて、コツンと靴音が響き、爛《ただ》れた細い脚が爽良の部屋へ片足を踏み入れる。

震えながら見上げると、焼けてボロボロのワンピースを着た少女が、眼窩《がんか》しか残っていない目を爽良に向けた。

もはや、爽良の頭の中は真っ白だった。

少女はガクガクと膝を震わせながら、少しずつ爽良に近寄ってくる。

体は相変わらず思うように動かないし、必死に後退《あとずさ》りしたものの、背中はすぐに壁に当たった。

少女は爽良の正面まで来ると、突如、ガクンと膝を折って床に崩れる。

そして、枯れ枝のように黒く変色した腕を差し出し、爽良の目の前で手のひらをゆっくりと開いた。

見れば、少女の手のひらの上では、小さな炎が点《とも》っていた。

ふいに昼間のボヤが頭を過《よぎ》り、嫌な予感が頭を支配する。少女は、ここに火を放つ気なのだと。

「だ……、れ、か……」

叫んだつもりが、喉《のど》が潰《つぶ》れて声にならない。

どうすることもできない爽良の前で、少女は手の中の炎を徐々に大きくしながら、爽良との距離を少しずつ詰める。震える空気から、少女の煮えたぎるような怒りが伝わってきた。

そして、少女は焼け爛れた唇を薄く開く。

『裏、切り、者』

途切れ途切れの訴えが、爽良の恐怖をさらに煽《あお》った。

数えきれない程恐ろしい目に遭ってきた爽良も、ここまで精神を追い詰められたことはない。

ただ、――そんな極限の状態だというのに、そのときの爽良の心の中には、恐怖に潜むように、別の感情が生まれていた。

この少女は、こんなに幼くして焼死してしまったのだと。――そのいたましく悲惨な死を思うと、あまりにも胸が苦しい。

昼間の小さなボヤですら、爽良はパニック寸前だった。だからこそ、幼い少女がどれだけの恐怖と苦しみを味わったのか、想像しただけで辛い。

もう亡くなってしまった命を救うことはできないけれど、もし叶《かな》うのなら、苦しみから解放してあげたいと、爽良は思いはじめていた。

――庄之助さんも、こんな気持ちで……。

御堂は、庄之助がこの少女を可愛がっていたと言った。

もう生きていない少女を可愛がるとはいったいどういうことなのか、爽良にはよくわからない。けれど、寄り添おうとした庄之助の気持ちが、今は理解できる。

ただ、爽良には、少女を救うことはもちろん、寄り添う術も、気持ちを伝える方法すらもわからなかった。

そうこうしている間にも、少女の手の中の炎はさらに勢いを増していく。

熱に煽られて顔を背けると、火の粉が散り、爽良の髪の毛がチリッと音を立てた。

焦りが込み上げるけれど、声も出ず、体も動かず、もはやどうすることもできない。

髪が焦げる嫌な臭いが漂う中、やがて、自分はこのまま終わってしまうのだろうかと、──そういう運命だったのかもしれないと、徐々に心の中を諦《あきら》めが支配していった。

──しかし。

突如、ガタンと大きな音が鳴り、勢いよくガラス戸が開く。

視線を向けた爽良は、目を見開いた。

「れ……」

そこに立っていたのは、礼央。

礼央は部屋の様子を見て顔をしかめ、迷いなく部屋に足を踏み入れると、爽良の手首を摑《つか》んだ。

その瞬間、硬直していた体はあっさりと動き、爽良は礼央に手を引かれるまま立ち上がった。

「なん……」

「一旦《いったん》ベランダに」

「れ、礼央……」

「大丈夫」

わけがわからないのに、礼央の「大丈夫」が魔法のように気持ちを落ち着かせる。

裸足《はだし》のままベランダに出ると、礼央は隣のリビングの様子を窺《うかが》いながら、唇の前で人差し指を立てた。

「ベランダを越えてきたから、おじさんたちに見つかるとまずい」

「で、でも、今……！」

部屋が危険なのだと訴えようとしたものの、少女の霊が火をつけようとしているなんて言えるはずがなく、爽良は口を噤《つぐ》む。——しかし。

「大丈夫。……見て、もうなにもいない」

「……え……？」

礼央が口にしたのは、まさかの言葉だった。

確かに、さっきまでの禍々《まがまが》しい気配はいつの間にか消えている。ただ、今の爽良にとって、重要なのはそこではなかった。

「なにも……、って」

「なにも」

「…………」

「いないでしょ」

「……礼央」

爽良の頭に浮かんでいたのは、ひとつの仮説。

「……礼央には、視えるの……？」

絶対にあり得ないと思っていながら、この状況では、否定する方がよほど難しかった。

少し冷静になれば、礼央が突然駆け付けた理由も、ベランダに連れ出したことも、視えないならば辻褄《つじつま》が合わない。

すると、礼央は爽良の髪を一筋手に取り、焦げた毛先に触れた。

「髪、結構切らなきゃ駄目かもね」

「そんなの、どうでも……」

「どうでもよくない」

「そうじゃ、なくて……！」

この期に及んで、いたっていつも通りの礼央がもどかしい。

礼央のシャツを掴んで顔を覗《のぞ》き込むと、礼央はようやく爽良と目を合わせ、観念したようにゆっくりと瞬《まばた》きをした。

「……多分、爽良程じゃないよ。かなり、ぼんやり」

「…………」

肯定された瞬間、ガクンと膝《ひざ》から力が抜ける。

礼央は爽良を支え、珍しく動揺した様子で瞳《ひとみ》を揺らした。

「寒いから、部屋に戻ろう」

「待っ……」

「うん？」

「……私が視えてることにも、気付いてたってこと、だよね……？」

「うん」

「どうして言ってくれなかったの……、もし言ってくれてたら……」

「……もし、言ってたら？」

ふいに返された質問の意図が、爽良にはよくわからなかった。――けれど。

「……心強かったと思うし、寂しさだって――」

そう言いかけて、口を噤む。

そのときの爽良の頭には、礼央と過ごした過去の記憶が巡っていた。

確かに礼央は話してくれなかったけれど、それでも礼央の存在が心強かったことに違いはないし、礼央が傍にいれば寂しくなんてなかった。なのに、責めるような言い方をするのはおかしいと思ったからだ。

すると、礼央は小さく溜《た》め息をつく。

「なに考えてるかだいたいわかるけど、俺が言わなかったのはそういうことじゃないから」

「え……？」

「なにも考えずに隠してたわけじゃないよ。爽良は素直だから、もし俺が話したら、きっとそれをおじさんにも話すでしょ。自分以外にも視える人間がいることを伝えたら、理解してもらえるんじゃないかって思って」

「それは……」

「でも俺、絶対にわかってもらえないと思ってた。むしろ、言ってしまえば、もう会うなって言われる気がした。……だから、黙ってた」

「礼央……」

確かにその通りだと、爽良は思う。

霊なんて非現実的なものを父がどれだけ毛嫌いしているか、今の爽良は嫌という程知っている。

けれど、幼い頃は、きちんと伝えればいつかわかってもらえるはずだと純粋に信じていた。

もし、あの頃に礼央から明かされていたなら、おそらく爽良は、礼央が言う通り父に話していたし、礼央も庄之助と同じく爽良に悪い影響を与える人間として、交流を許されなかったかもしれない。

「そこまで考えて……」

「考えてっていうか、俺も子供だったから感覚で動いてただけだよ。おじさんは神経質だし、変なことは言わないに限るって、多分無意識に察してたんだと思う」

「視えて、怖くなかったの……？」

「俺には実害がないし、いてもいなくても同じだから」

それは、礼央らしい言葉だった。

唐突に、小学生の頃の記憶が爽良の頭を過《よぎ》る。

それは、礼央の部屋で二人で遊んでいたときのこと。つけっぱなしにしていたテレビから、ふと、新種の虫が発見されたというニュースが流れた瞬間、礼央は「いまだにこうして新種が見つかるんだから、人間がまだ見たことがないものなんて、多分いくらでもいるよね」と言った。

口数の少ない礼央が、なんでもないニュースの感想をわざわざ口に出して言うなんて珍しく、興味があるのか尋ねると、礼央は「いちいち構ってられないなと思っただけ」と答えた。

その会話を、爽良は印象的に覚えている。

今思えば、あのときの礼央の言葉は、爽良への励ましだったのかもしれない。礼央は感覚で動いていただけだと言うけれど、すべて気付かれていたことを知った今、礼央からもらった気遣いが、記憶の中にいくつも思い当たる。

「いいなあ……。いてもいなくても同じなんて思えたら、どんなに……」

思わず零《こぼ》した愚痴に、胸が締め付けられた。口にした内容にではなく、生まれて初めて礼央に隠すことなく本音を話している事実が、感慨深かった。

しかし、礼央は少し険しい表情を浮かべる。

「……さっき言ったけど、それはあくまで実害がない場合の話」

「え……？」

「なにがあったの。さっき部屋にいたのなに。……あんな危険な目に遭ってるなら、悠長な事言ってられない」

礼央は、真剣だった。

長年一緒にいたのに、爽良はこんな礼央を一度も見たことがなかった。

「……まだ隠すの？」

思わず黙ってしまった爽良に、礼央は不満げに目を細める。

爽良は慌てて首を横に振った。

「そうじゃ、なくて……。……今日はいろんなことがありすぎて、なにから説明したらいいか……」

「思いついたままでいいから、教えて」

爽良は頷《うなず》き、礼央に促されるまま部屋へ戻ると、ひとまず深呼吸をして心を落ち着かせる。そして。

「今日、鳳銘館を訪ねたんだけど——」

鳳銘館で見たものや御堂との出会い、庄之助も視える人間だったという事実、残された手紙の内容、そして、爽良に付き纏《まと》っているのは火事で亡くなった少女の霊であること、自分のことを庄之助だと思い込んでいることまで、すべてを礼央に話すことにした。

礼央はとくにリアクションすることもなく、黙って聞いていた。きっと困惑しているのだろうと、爽良は話しながら徐々に不安を覚える。当の本人である爽良ですら、これをすべて信じろなんて無茶だと自覚していたからだ。

　しかし、すべて聞き終わった後、礼央が口にしたのは予想だにしない言葉だった。

「それで、会話は無理そうだったの？」

「え……？」

「女の子に、自分は庄之助さんじゃないって伝えろって言われたんでしょ」

　それはまるでたわいのない世間話をしているかのような、いたっていつも通りの落ち着いた口調だった。

　爽良は呆気《あっけ》に取られ、礼央を見上げる。

「パニック状態だったから、無理だった……、っていうか……、信じるの……？　こんな荒唐無稽《こうとうむけい》な話……」

「嘘なの？」

「嘘じゃ、ないけど……」

「なら信じる。庄之助さんからの手紙、見ていい？」

「…………」

　あっさり頷かれ、爽良は戸惑いながら庄之助からの手紙を渡した。

　礼央は黙ってそれに目を通すと、腕を組んで考え込む。

「もし生き辛《づら》いなら、か」

「え？」

「……爽良は、生き辛いの」

まっすぐに見つめられ、爽良は思わず息を呑《の》んだ。

長い睫毛《まつげ》が影を落とし、いつもはあまり感情を映さない瞳が憂いを帯びて見える。

こんなにきれいな人だっただろうか、と。そんな場合ではないと知りながら、爽良は思わず見とれてしまった。

「爽良？」

「え、あ……、ごめん。よく、わからない……」

「……あのさ」

「うん」

「今度、俺も一緒に行っていい？」

どこに、なんて聞くまでもない。爽良は驚き、目を見開く。

「一緒に……って、どうして……」

「どうしてって」

礼央は、愚問だと言わんばかりに首をかしげた。

今日の礼央は、やはりおかしい。爽良は戸惑い、首を横に振る。

「私のことにこれ以上巻き込めないから……！」

「もう遅いよ。ここでシャットアウトされたら、逆に気になる」

「でも、ちゃんと報告するし……」

「爽良は多分しない。……それに、単純に興味がある。ここなら生き辛くないって自信満々に勧めてくる場所が、どんなものか」

「……礼央？」

礼央の口調に苛立《いらだ》ちが滲《にじ》んでいるような気がして、爽良は思わず礼央の袖《そで》をぎゅっと摑《つか》んだ。

けれど、凪《な》いだ表情からは、やはり感情が読み取れない。

ただ、鳳銘館へ行くと言う意思はどうやら揺るがないらしく、爽良は渋々ながらも頷くことしかできなかった。


約束の日、礼央との待ち合わせ前に、爽良は十五センチ髪を切った。

自分で切ってみたけれど上手《うま》くいかず、美容院に駆け込んだ結果、胸の下まであった髪は肩にかかるくらいの長さになった。

切った直後はしばらくその長さにも軽さにも慣れず、待ち合わせ場所で窓ガラスに映る自分の姿を何度も確認した。すると、時間通りに駅へやってきた礼央が、近寄るやいなや爽良の髪を一筋掬《すく》う。

「結構切ったね」

「どうせ、傷んでたから」

昔から、礼央は人と話すときの距離感が少し近い。目が悪いくせにメガネやコンタクトがあまり好きではないらしく、裸眼のときはなお近い。

お陰で、それを好意だと勘違いした女子たちを、爽良は数知れず知っている。高校生の頃は彼女らしき女性を何度か見かけたけれど、どれも長く続いた気配はなかった。

それがなぜなのか、爽良にはだいたい想像できる。礼央は他人に無頓着《むとんちゃく》で無関心故に、来るもの拒まず去る者追わずの典型なのだろうと。

「じゃあ行こう。代官山でしょ」

「うん。待って、場所を携帯に送るから」

「もう入ってるから平気」

礼央は携帯を掲げて見せると、早速駅の中へ入っていく。爽良はその後を追いながら、じりじりと込み上げる緊張を必死に抑えていた。

ちなみに、御堂に二人でもう一度訪ねたい旨を連絡すると、あっさりと「了解」と返信がきた。

ただ、「なにかあったらすぐ連絡を」という補足には、心がざわついた。

御堂が言う「なにか」は、おそらく洒落《しゃれ》にならない。

爽良は考え過ぎないようにと自分に言い聞かせ、やがて代官山駅に降りると、前回通った道へと向かった。――しかし。

「爽良、こっち」

「え？」

礼央はそんな爽良を引き止め、まったく違う方向へ向かう。

そして、なにごとかと驚く爽良になんの説明もくれないまま、人通りの多い道を選んで進んだ。

不思議に思って礼央の手の携帯を覗《のぞ》き込むと、地図に表示されていた経路は、大通りを経由する、所要時間がもっとも長いものだった。

爽良は立ち止まり、礼央の腕を引く。

「かなり遠回りだけど……」

「だけど人が多い方がいいから。爽良が行きかけた道、なんか嫌な感じがした」

嫌な感じがどういう意味なのか、尋ねる必要はなかった。含んだ言い方をしていても、今の爽良たちにとっては共通言語だ。

「私は、なにも感じなかった……」

「だったらこの道覚えて、今度からはこっち通って」

「……わかった」

礼央はあまり視えないと話していたけれど、感覚は爽良よりもずっと鋭いような気がした。

今思えば、少女が現れたあの日、礼央はわざわざベランダを越えて助けに来てくれた。

あのときは混乱していて考える余裕なんてなかったけれど、隣の部屋から勘付いたとなると相当敏《さと》い。

人のことを言える立場ではないが、よくここまで隠し通せたものだと爽良はしみじみ思った。

やがて、礼央はしばらく大通りを歩いた後、ふいに立ち止まって一本の路地に足を踏み入れる。

「細い道にはあまり入りたくないけど、ここしかないから急ごう」

「うん……」

礼央は爽良の手首を摑むと、足速に進んだ。

いつも冷静な人間が焦る様子は、余計に不安を煽《あお》る。

「なにか、感じる……？」

「…………」

黙っているのが不安で尋ねたものの、返事はなかった。しかし、手首を引く力はどんどん強まっていく。

「礼央、ごめん……、少し痛い……」

「…………」

「礼央……？」

これは、——礼央じゃない、と。

唐突にそう思った理由は、返事がないからではなかった。

いつも通りの後ろ姿に、いつも通りのシャンプーの香りに、骨張った手に少し低めの体温と、――なにもかもが礼央のままなのに、なにかが確実に違っていた。

鼓動が徐々に速くなり、爽良は不安に駆られて立ち止まる。

すると、礼央の手がするりとほどけた。

「礼央は……、どこ……」

おかしな質問だと、どこか冷静に考えている自分がいた。

けれど、礼央の体になにかが起こっていると思うと、止められなかった。

礼央は背を向けたまましばらく立ち尽くし、やがて、まるで機械のようにカクンと首を傾ける。――そして。

「……しょうの、すけの、もの、は」

静まり返った街並みに響く、低い声。

やはりこれは礼央じゃないと、爽良は確信を持った。

「庄之助……って……」

「庄、の、すけの、物は……、ぜんぶ、……ぜんぶ」

強調するような途切れ途切れの口調が、恐怖をより煽る。やがて、礼央はゆっくりと振り返った。――しかし。

「っ……」

その顔を見て、爽良は思わず息を呑《の》む。

礼央の顔は半分が真っ黒に焼け爛《ただ》れ、虚《うつ》ろな目からは黒い涙が流れていた。

「れ……」

あまりの衝撃に、爽良の思考が止まる。

礼央はそんな爽良にぎこちない動作で手を伸ばし、頬に触れようとした、——瞬間。

「……全部、壊す」

恨みがましい声が響いたのと、爽良の意識が途切れたのは、同時だった。

目の前で小さく揺れる炎をぼんやり見つめながら、爽良は、これはデジャヴだろうかと、いくつかのよく似た記憶を思い返していた。

思い当たるのは、少し前に見た予知夢。そして、初めて代官山に来たときに目の前で起こったボヤ。

朦朧《もうろう》とした頭では、これが夢か現実かすら判断できなかった。

ふと視線を泳がせると、炎の向こう側に建っているのは見覚えのある煉瓦《れんが》造りの建物。

忘れもしない鳳銘館だ。

ただ、鮮やかだったはずのステンドグラスに色はなく、景色は全体的にグレーがかり、唯一、炎だけが真っ赤に揺らめいていた。

——やっぱり、夢……。

一度は、そう思った。

けれど、炎が少しずつ大きくなっていく光景はやけにリアルで、見ているうちに心がざわめきはじめる。

そして、そのとき。唐突に、背後から薄気味悪い気配を覚えた。

それは、もう何度も遭遇した気配だった。

まるで条件反射のように全身が強張《こわば》り、動悸《どうき》が激しくなっていく。――そして。

『……どう、して』

耳のすぐ傍で、少女の声が響いた。呼応するように炎が大きく揺れ、庭木に火の粉が移りチリッと音を立てる。

どうやらこれは夢ではないらしいと、爽良の心をたちまち絶望が支配した。

逃げたくとも、爽良の体には少女の髪がびっしりとまとわりついている。

『どう、して、……に、げるの』

ふたたび響く、少女の声。

爽良は混乱の最中《さなか》、その問いを頭の中で繰り返した。

頭を過《よぎ》るのは、少女は爽良を庄之助と間違えていると言った、御堂の話。

どこか半信半疑だったけれど、確かに「裏切り者」も「どうして逃げるの」も、爽良には心当たりがなかった。

ただ、それがわかったところで、会話ができなければ意味がない。そもそも声もうまく出ず、今の爽良には問いに答えることすら不可能だった。

しかし、少女は次々と質問を重ねる。

『うらぎ、った、の……？』

「っ……」

『うそ、つい、たの……？』

もしかすると、答えなんて求めていないのかもしれないと、爽良は思った。急にいなくなった庄之助を恨み、ただ呪い、やがて命を奪ってしまえば、それで満足なのではないかと。

だとすれば、爽良にはどうすることもできなかった。

炎は庭の草に燃え移りながら鳳銘館の方へ向かっていく。

このままでは、いつか見た予知夢の通り、鳳銘館は燃えてしまうだろう。予知夢が杞《き》憂《ゆう》に終わったことなど、これまでに一度もない。――しかし。

ついに鳳銘館に炎が届いた、その瞬間。突如、空気を震わせる程の深い悲しみが伝わってきた。

爽良はふと違和感を覚える。

なぜなら、その感情は、まさに今も恨みごとを繰り返している少女から醸し出されていたからだ。

自分で壊しながらも悲しむなんて、矛盾している。

そう思った瞬間、ふと、爽良の脳裏にひとつの仮説が浮かんだ。

「……本当は、鳳銘館のことが、好きなんじゃ、ないの……？」

驚く程スルリと声が出た。

そう思うに至る根拠なんてなにもなかったけれど、爽良がそう問いかけた瞬間、周囲の空気がわずかに揺れた。まるで、少女の動揺を表しているかのように。

爽良は、御堂が言った「言葉はちゃんと伝わる」という言葉の意味を、初めて実感していた。

「庄之助、さんは……、あなたを裏切ってなんて、ない……」

続けてそう口にすると、周囲の空気がふたたび凍りつく。

『──嘘、つき』

爽良の言葉で、少女の怒りは明らかに増した。ただ、これまでと大きく違うのは、会話が成立しているということ。

爽良はそのとき、今なら伝えられるかもしれないと、むしろこの極限の状態を切り抜ける方法なんて、それ以外にないのかもしれないと思いはじめていた。

「私は、庄之助さんじゃ、ない……」

爽良は拳《こぶし》を強く握り締め、覚悟を決める。

背後から伝わる気配が、さらに憎しみを帯びた。

「私は、孫なの……。だから、あなたは避けられてるんじゃ、なくて……、庄之助さんはもういな……」

『――嘘つき』

言葉を遮られると同時に、正面の窓が砕け散った。

炎はさらに勢いを増し、壁を伝って一気に広がっていく。

「嘘じゃ、ない……。可愛がってもらったなら、間違え、ないで……」

少しでも怯《ひる》んだ瞬間に心が折れてしまいそうで、無理やり絞り出した言葉は、酷《ひど》く震えていた。

それでも、少女が納得してくれたような手応《てごた》えはない。相変わらず空気は重く張り詰め、炎の勢いも強い。

ようやく会話が叶《かな》ったところで、少女の怒りを鎮められないなら無意味だと、爽良は自分の無力さを悔やんだ。

そして、――もし、幼い頃に人と違うことを受け入れ、視えることに向き合って生きていたなら、こういうときの術《すべ》を持ち得たのだろうかとふと考えた。人には視えない存在を可愛がっていた、庄之助のように。

そんなのは今さらだとわかっていながら、頭に浮かぶのは庄之助の笑顔。

ほんの少ししか触れ合うことができなかったけれど、本来ならば、爽良にとって貴重な理解者になるはずだった。

「庄之助、さんは……、優しくして、くれた……？」

爽良は、なかば無意識にそう呟《つぶや》く。

少女から、反応はない。

「……私はほとんど覚えていない、けど……、もし、子供の頃に、……不安だったときに傍にいられたならって、今さら考えてる……。きっと、すごく力になってくれたんじゃ、ないかって……」

ほとんど記憶にないのに、庄之助のことを思うと奇妙なくらいに胸が締め付けられた。まるで熱にうかされているかのように、思考がぼんやりしていく。

「あなたは、いいじゃない……。可愛がってもらったんでしょう……？」

これではまるで嫉妬《しっと》だと、妙に冷静に考えている自分がいた。なのに、どうしても言葉が止まらない。

「私は、孫なのに……、庄之助さんのこと、全然知らな――」

最後まで言い終えないうちに、ふいに、視界が真っ白になった。

鳳銘館も炎も消え、風や気配すらもない。

なにが起きたのかわからず、爽良は呆然《ぼうぜん》とする。――すると。

正面に、ぼんやりと浮かぶ誰かの影。

「――こっちへおいで」

優しい呼びかけと、伸ばされる大きな手。

それは、まぎれもなく庄之助の姿だった。

庄之助は鳳銘館の玄関ポーチに膝《ひざ》をつき、優しく目を細め、爽良へ向かって手招きしている。

けれど、爽良には、そんな思い出はなかった。

そもそも、庄之助が家を訪ねてくることはあっても、爽良たちから庄之助を訪ねたことは一度もない。

もっと庄之助を知りたかったという思いが、勝手に思い出を捏造《ねつぞう》してしまったのだろうかと、爽良はその温かな光景をぼんやりと眺める。

すると、突如、自分の意思を無視し、足が勝手に動きだした。

驚いて足元に視線を落とすと、目に入ったのは、見覚えのある黒いエナメルの靴。

その瞬間、この記憶は自分のものではないと、――少女のものなのだと爽良は直感した。

少女はこわごわと庄之助に近寄り、少し距離をあけて立ち止まる。

「なにもしないから、そんなに怖い顔をするな。辛《つら》いことがあるなら、私が話し相手になるよ」

ふたたび響く、庄之助の声。

爽良には、少女の戸惑いが伝わっていた。

「吏に追い回されたのかい？　私から言っておくから、もう怖がらなくていい。だが、火を点《つ》けるいたずらはよくない」

庄之助はそう言うと、ゆっくりと腕を伸ばして少女の手を握る。手にふわりと優しい温《ぬく》もりが広がった。

やがて、少女の戸惑いは少しずつ落ち着き、庄之助の手をぎゅっと握り返す。

『――みんな、いなくなった』

小さく響く、少女の声。

庄之助は頷《うなず》き、愛《いと》しげにその頭を撫《な》でた。

「……君は一緒に行けなかったのか。……まだ幼いから、迷ってしまったのかもしれないね」

『……捜してるのに、どこにもいない。……わたしを、置いていった』

そう口にした途端、心の中に寂しさと苦しみがじりじりと広がっていく。次第に、庄之助に握られた手が黒く爛《ただ》れはじめた。

しかし、庄之助はまったく怯むことなく、少女の手を握る手にさらに力を込める。

「心配しなくても、いつか会える。……それまでは、私と一緒に遊ぼう」

『おじさんも、どうせ、いなくなる、くせに』

「私の名前は庄之助だ。覚えてくれるかい？……まあ、そんなに長くは生きられないが、死ぬまでは君の傍にいるよ」

『……嘘、つき』

「嘘じゃない。――約束する」

庄之助の声が響くと同時に、視界はふたたび真っ白になった。

ふと我に返ると、目の前には鳳銘館。

ただ、ついさっきは勢いよく広がっていたはずの炎はなく、庭には燃えた形跡がまったくない。割れたはずの窓も、元通りだった。

「……なんで……」

爽良は混乱し、呆然と鳳銘館を見上げた。夢だと片付けるにはあまりにリアルだったし、燃えさかる炎も熱も、少女から伝わった怒りも悲しみも、すべてをはっきりと覚えている。

爽良はずいぶん長い間、座り込んだまま放心していた。

ふと気付けば、そこらじゅうに満ちていた少女の憎しみも感じられない。また消えてしまったのだろうかと、爽良は後ろを振り返った、――瞬間。

「っ……」

真後ろに少女が立っていて、心臓がドクンと跳ねた。

たちまち緊張が込み上げるけれど、少女からは奇妙なくらいになんの感情も伝わってこない。

ただただ、まっすぐに鳳銘館を見つめていた。

「あの……」

爽良は、思わず声をかける。

すると、少女は眼球だけを動かし、爽良を見下ろした。

その表情はあまりに恐ろしく、爽良は息を呑《の》む。――しかし。

『こんなに、おんなじ、なのに』

「え……？」

少女は爽良を見つめたまま、抑揚のない声で呟いた。

『おんなじ、なのに。……庄之助じゃ、ないの』

爽良は今も、自分と庄之助が似ているという意味がよくわかっていない。

見た目の話でないことはわかるけれど、庄之助のことをよく知らないぶん、なおさらだった。

「……ごめんね」

だから、なぜ謝ったのか自分でもよくわからなかった。

すると、少女は寂しげに目を細める。

その表情を見ていると、酷く胸が痛んだ。

幼くして火事で死に、両親に会えないまま彷徨《さまよ》ってしまった少女の悲しみを思うと、同情せずにはいられない。

「庄之助さんは、死んじゃったから。……だけど、もし、……もし、話し相手がほしいなら……」

いったいなにを口走る気なのだと、心の奥の方で、衝動に必死に抗《あらが》う自分がいた。

けれど、なぜだか、止められなかった。

「――私が、話し相手になる、から……」

辺りは、しんと静まり返る。

少女は表情を変えず、爽良をじっと見つめていた。沈黙の時間はずいぶん長く感じられ、爽良の額に汗が滲《にじ》む。――しかし、そのとき。

なんの感情も映さない少女の目から、ぽろりと涙が零《こぼ》れた。

爽良は驚き、目を見開く。

「……どう、して……」

問いかけながら、自分が口にした「話し相手になる」という言葉は、庄之助が少女にかけたものと同じだと、ふと思った。

もしかしたら、別人だと理解してもなお、少女は爽良から庄之助の面影が拭《ぬぐ》えず、今も重ねて見ているのかもしれない。

そう思うと、より切ない気持ちが込み上げてくる。

「そんなに、好きだったんだ」

爽良がぽろりと零した言葉に、少女の目が大きく揺れた。

「仲良しだったんだね。……あなたが、少し羨《うらや》ましいな」

不思議と、心を支配していた恐怖はすっかり消えてなくなっていた。

少女はなにも言わないけれど、爽良を見つめる目には、ほんのわずかに子供らしい輝きが宿っている。

「……私も、庄之助さんのことを、いろいろ教えてほしい」

返事はないが、少女は手をそっと差し出し、爽良の頬に触れた。ひんやりした感触を覚えると同時に、意識がふっと遠退《とおの》く。

頭の中が真っ白になり、爽良は無抵抗に意識を手放した。

意識を戻したとき、最初に目に入ったのは、ステンドグラスの窓から差し込む幻想的な光だった。

ああ、まだ夢の中だ、と。爽良は薄目を開けたまま、その心地よさにしばらく浸る。

――しかし。

「起きた？」

突如降ってきた声と、額に触れた手のひらの感触で、一気に頭が覚醒《かくせい》した。

視線を彷徨わせると、真上から覗《のぞ》き込む礼央と目が合う。

「礼……」

慌てて体を起こそうとしたけれど、礼央に額を押し返され、背中はふたたび柔らかい感触に包まれた。

「急に体を起こさないで」

わけがわからないまま、爽良はひとまず頷く。そして、ゆっくりと周囲を確認し、自分がどこにいるのかを理解した。

視界にあるのは、大きな窓とボルドー色のカーテン。忘れもしない、鳳銘館の談話室だ。爽良が寝ているのはソファの上で、ブランケットがかけられている。

なにがどうなってここにいるのか、思い出そうとしてもまったくわからなかった。鳳銘館の庭での出来事は覚えているけれど、今になって思えば、あれが現実だったのかどうかも怪しい。

必死に記憶を辿《たど》る爽良を、横に座る礼央が静かに見下ろしていた。

「あの……」

「倒れたんだよ。ここに来る途中で」

「倒れた……？」

礼央がくれた報告は、爽良の記憶とはずいぶん違っていた。

だとすると、庭でのことはすべて夢だったのだろうかと、爽良は混乱する。――しかし。

「――ねえ、なんで懐かれてんの」

突如響いた、聞き覚えのある声。

ゆっくり顔を上げると、ダイニングチェアに座る御堂と目が合った。

「御堂さん……。懐かれるっていうのは……」

わけがわからず尋ねると、御堂は苦笑いを浮かべて窓際を指差す。

視線を向けると、窓の両端でまとめられたカーテンのひとつが、不自然に膨らんでいた。

「あれ……？　誰か、隠れて――」

そう口にしながら、爽良は、カーテンの端からチラリと見える水色のワンピースに気付く。

たちまち全身に緊張が走った。――しかし、そのとき。

爽良の心境とは真逆の、ずいぶんのん気な御堂の笑い声が響いた。

「どうして笑っ……」

「だから、懐かれたんだって。……君が彼女になにをしたのか知らないけど、今はいたって無害だよ」

「……私が……？」

混乱の最中《さなか》、思い出すのは庭で交わした少女との会話。

ただ、それは礼央から聞いた報告から考えても、現実での出来事ではないはずだった。

「なんか話したんでしょ？」

「え、でも……、夢の中で……」

「それは夢じゃなくて、多分あの子の意識の中だよ」

「は……？」

「は？　じゃなくて」

この人はなにを言っているのだろうと、爽良は呆然《ぼうぜん》とした。

しかし、事実、カーテンに隠れる少女からは、恨みも悲しみも伝わってこない。

爽良は、少女と交わした会話をゆっくりと思い返す。――そして。

「私が……、話し相手になる……って」

「言ったの？」

「……はい」

頷《うなず》いた瞬間、カーテンの端から少女がチラリと顔を覗かせた。その顔は青白く、目は虚《うつ》ろで、目が合った瞬間に背筋がゾクッと冷える。

すると、少女はふたたびカーテンに隠れた。

「……いやいや、約束したなら責任とってよ。可哀想じゃん」

御堂の口調は相変わらず軽く、一瞬、相手が霊であることを忘れそうになる。前に会ったときから感じていたけれど、この人にとっては霊なんて珍しくもないのだろう。

「それは……、そうなんです、けど……、慣れなくて……」

「もし後悔してるなら、俺が強引に祓《はら》ってもいいけど」

御堂が淡々とそう言った瞬間、カーテンの裾《すそ》から覗く足がカタカタと揺れた。

祓うとはどういうことなのか、爽良にはよくわからない。ただ、少女が怯《おび》えていることだけは、はっきりとわかる。

その様子は、爽良を少し冷静にさせた。

「後悔は、……してない、です。……かなり、戸惑ってはいるけど」

爽良はソファから起き上がると、おそるおそるカーテンに近寄り、ゆっくりと膝《ひざ》をつく。

「あ、あの……、よければ、名前を……」

必死に絞り出したひと言目は、やけにぎこちなかった。ただ、生身の人間とすら滅多に会話しない爽良にとっては、それが精一杯だった。

すると、少女はふたたびチラリと顔を覗かせ、爽良をじっと見つめる。

初めて間近で見た少女は、表情こそないけれど、まつ毛が長く、まるで人形のように整った顔をしていた。

「さっきは、ごめんなさい……。私は、鳳爽良といいます……」

反応はない。

けれど、やはり、憎悪も悲しみも感じ取れない。

そして、長い沈黙の後。

『……紗枝《さえ》』

小さな声が響き、カーテンの膨らみがふわりと消えてしまった。

「あれ……？」

部屋を見渡しても、もう気配はない。

「よかったね。名前教えてくれたじゃん」

談話室に御堂の楽しげな言葉が響き、爽良の緊張がほどけた。

「紗枝ちゃんっていうんですね……。あの、どこに……」

「彼女らはそんなに長く姿を現さないから、そのうちまた出てくるんじゃない」

「そういうものなんですか……」

「だんだん頻度が減って、勝手に成仏するよ。ただ、霊なんて理不尽なもんで、今回みたいに急に怒りだしたりするから油断しないで。ま、また放火をはじめたら、さすがの俺ももう黙ってらんないけど」

　口調は軽いのに、最後のひと言には妙な気迫が感じられ、爽良は口を噤《つぐ》む。――すると。

「あの子、これからも爽良に付き纏《まと》うの」

　ずっと黙って聞いていた礼央が、突如、御堂にそう問いかけた。

　爽良はふと違和感を覚える。

　礼央の口調はいつも通り冷静だけれど、その中に静かな怒りが揺れているような気がしたからだ。

　そもそも、礼央は基本的にあまり人との会話を好まないし、ましてや、初対面で明らかに年上の相手に敬語を使わないなんてことはない。

　固唾《かたず》を呑《の》んで様子を窺《うかが》っていると、御堂は意味深な笑みを浮かべ、礼央に視線を向けた。

「そりゃそうでしょ。爽良ちゃんが自分で話し相手になるって言ったんだから」

「……爽良ちゃん」

「いやそこ？　だって鳳さんって堅いし。庄之助さんの孫なら俺の妹のようなもんだし。……ってか、さっきも言ったけどしばらくは大丈夫だよ。まぁ無害とはいえ地縛霊だから、寒いとか肩が重いくらいの弊害は多少あるかもしれないけど。……霊障っていうんだけどね、そういうの」

「…………」

やはり、礼央は怒っていると爽良は思う。

そして、御堂は御堂でわざと煽《あお》っているように見えた。

「まぁ爽良ちゃんがここに住めば、多少の霊障からは守ってあげられるよ。ってか、どうするか決めた？」

「い、いえ……、まだ……」

「急ぐ必要はないからね。……ただ、ここなら余計な気を張らなくていいから、爽良ちゃんのような体質の人にとっては居心地がいいと思うよ。なんせ、ここの住人は全員視えるから、コソコソ隠す必要もない」

「え……？　全員……？」

新たに知った衝撃の事実に、爽良は言葉を失う。

御堂のように霊に精通した人間が暮らす場所ならば、他にも同類が存在するかもしれないと薄々思ってはいたけれど、住人全員という言葉は驚愕《きょうがく》だった。

御堂はさもなんでもないことのように、言葉を続ける。

「なにせ、そうなるように入居希望者を厳選してるからね。そんなことするから、部屋は半分も埋まってないんだけど。……やっぱ、分かり合える人がいる方が安心するじゃん。そういう場所にしたかったんだよ、庄之助さんは」

「………」

唐突に、「心が自由になる」という庄之助の言葉が頭を巡った。

やはりそういうことだったのかと、ずっと抱えていた疑問が落ち着くべき場所にストンとはまったような感覚を覚える。

確かに、誰にも隠さず当たり前に過ごせる生活は、爽良にとって絶対に手に入らないと思い込んでいた自由そのものだ。

そして、——自分はそんな生活に惹《ひ》かれているのだと、爽良はもはや、その気持ちを誤魔化《ごまか》すことができなくなっていた。

御堂はいまだ謎だらけだし、そもそも鳳銘館のオーナーになるということも具体的によくわかっていないけれど、ただシンプルに、ここにいたいと心が訴えている。それは、これまであまり感じたことのない、強い思いだった。

「私……」

そんな気持ちに押し出されるように、言葉が込み上げてくる。

二人の視線が、同時に爽良に向いた。

「私は、……ここで、過ごしてみたい、……です」

導かれるようにそう口にした瞬間、窓は閉まっているのに、談話室をふわりと柔らかい風が通り抜ける。それは、爽良の髪を優しく撫《な》でて止み、どこか懐かしい香りを残した。

「いいと思うよー、俺は。そんなに難しく考えなくたって、一度お試しでやってみて、嫌だったら辞めればいいわけだし。前にも言ったけど、君がどっちに決めても俺や住人にはさほど影響がないから、周りのことは気にせず、自分がやりたいようにしなね」

「……はい。ありがとうございます。……ただ、ちゃんと決断する前に、解決しなきゃいけない問題がいろいろありまして……。でも、近々きちんと答えを出すので、また相談させてください」

「もちろん」

「今日は、帰りますね」

「了解。じゃあ、送……る必要ないのか。あの子懐いちゃったしね」

まるで世間話のように霊の話をする御堂には、正直、まだ慣れない。爽良が頷《うなず》くと、礼央が立ち上がって御堂にぺこりと会釈をした。

駅に向かう道中、礼央との間に会話はなかった。

さっきは少し怒っているように感じたけれど、礼央の横顔は涼しげで、すっかりいつも通りに見える。

そもそも、爽良は礼央が怒っているところなんて見たことがなく、今となれば、勘違いだと思えなくもなかった。

爽良は黙って歩きながら、ぼんやりと、さっき御堂に言った「解決しなきゃいけない問題」のことを考える。

中でももっとも悩ましいのは、言うまでもなく父のこと。猛反対されるのは確実だし、怒鳴る父を想像しただけで心がどんよりと重くなった。

そして、それ以外にも爽良にとって重要な問題がある。まさに、隣を歩いている礼央のことだ。

鳳銘館にいたいという意思ははっきりしたものの、それはつまり、もうこれまでのように礼央と会えなくなることを意味する。

もう二人ともいい大人だし、いつかはそんな日が来るだろうと思っていたけれど、いざ現実味を帯びると心細くて仕方がなかった。

「――おじさんに、なんて言うの」

ふいに問いかけられたのは、帰りの電車の中。

ぼんやり考えごとをしていた爽良は、ハッと我に返った。

「えっと……、まだ、考えてない」

「そう」

「……どうして？」

「援護、必要だったら言って」

「援護……？」

それは、少し意外な申し出だった。

驚く爽良を他所《よそ》に、礼央は携帯ゲームを開き、もはや爽良の言葉を聞いているのかどうかすらわからない。

「……ありがとう」

爽良はひとまずお礼を言い、シートに背中を預ける。

休日に電車に乗ることはほとんどないが、夕方なのにずいぶん空《す》いていて、なんだか知らない場所に向かっているかのような錯覚を覚えた。

まるで、自分の状況を反映しているようだと、爽良は思う。――そのとき。

「このゲーム、仕事で少しだけ関わったんだ」

いつも通り唐突なタイミングで、礼央は携帯の画面を爽良に向けた。

そこにはＣＭでよく見るタイトルが表示されていて、爽良は思わず身を乗り出す。

「え、すごい……。ゲームの仕事もするの……？」

「あまりしないけど、大学時代の先輩に頼まれたから。その人、フリーエンジニアの中では最高峰と名高い技術者なんだけど、ある日を境にバッサリ受注を減らしたから、得意先だった会社が悲鳴を上げてるみたい。なんでもその先輩、突然不動産会社に就職したらしくて」

「不動産会社に……？　エンジニアとしてってこと？……そんなに高い技術を持ってる人が突然いち企業にって、なんだか少し珍しいような」

「ね。ま、変わった人だよ」

「ただ、個人的にはフリーランスって大変なイメージがあるから、わからなくもないかな……。礼央は全然大丈夫そうだけど」

「俺は手堅い仕事しかしないから」

「……礼央っぽい」

「けど」

　意味深に止まった言葉に、爽良の心が少しざわめく。

　礼央は相変わらず無表情のまま、携帯をポケットに仕舞うと、涼しげな目を爽良に向けた。

「手堅くないことも、たまにやりたくなる。……先輩の影響かも」

　口にしたのは、あまり礼央のイメージにない言葉だった。

「……影響受けること、あるんだ」

　無意識に心の声が零《こぼ》れ、礼央の瞳《ひとみ》が揺れる。

「……あるよ」

　その返事は、少し切なげに響いた。

ふたたび会話が途切れる。

しかし、爽良たちは普段から、互いに途切れた言葉の続きを追求することはあまりない。言わないことも選択のひとつであり意味があると思っているし、おそらく礼央も同じだろうと、なんとなくわかる。

だからこそ、礼央との会話にはなんのストレスもない。傍にいると、ここだけ世の中の喧騒《けんそう》から遮断されているような安心感すら覚える。

しかし、――爽良は今日、それを自ら手放す決断をした。

本当にいいのだろうかと、心の中では今も自問自答が続いている。けれど、ひとつだけはっきりと言えるのは、現状維持を選んだところで、いずれは同じ問題に直面するということ。

今の爽良には、「手堅いもの」なんて、なにもない。

だから、いっそどこに向かうのかわからない電車に揺られるような、不安定な心地に身を委《ゆだ》ねる方がむしろ気楽だった。

自分の意思を父に話したのは、鳳銘館を訪ねた翌日の夜。庄之助からの手紙を手に話があると伝えた時点で、父は酷《ひど》く不機嫌だった。

そして、正面の椅子に座るやいなや、怒りの滲《にじ》む目で爽良を睨《にら》みつける。

「お前は、ほとんど会ったこともない親父になんで肩入れするんだ……？」

まだなにも言っていないというのに、父はすべてを察していた。逃げ出したいような張り詰めた空気の中、爽良は必死に自分を奮い立たせる。

「肩入れしてるわけじゃなくて……。実は、昨日鳳銘館へ行ってみたんだけど……」

「なに？」

予想通り、父はわかりやすく怒りを露《あら》わにした。キッチンから様子を窺《うかが》う母の手が止まる。

ここで怯《ひる》んだら終わりだと、爽良は手をぎゅっと握った。

「……やってみたいと、思って。……それに私、そろそろ自立しなきゃって考えてたし……」

父を説得する上でもっとも難しいのは、伝えられない内容があまりに多いこと。

少女の霊に出会って感じたことや、初めて同じものが視える人に出会った安心感、鳳銘館でこれまでにない自由を感じたことや、庄之助が遺《のこ》した思いに心を打たれたこと。

どれも、父の逆鱗《げきりん》に触れる内容ばかりだ。

けれど、だからといって、適当な嘘をつきたくなかった。

そうなると、爽良が言えることは、とても少ない。

「自立……？　仕事が決まらず、突然舞い込んだ相続の話に安易に食いついただけだろう。前にも言ったが、不動産の管理なんてそんな簡単なものじゃない」

「それは、わかってるつもりだよ」

はっきりそう言うと、父は眉間《みけん》に皺《しわ》を寄せた。一瞬怯みそうになった心を、爽良は必死に奮い立たせる。

「……でも、やらせてほしい。それで、バカだって思ってていいから、できれば見守ってほしい。私は本当に未熟だけど……、初めて、自分の人生のことを真剣に考えたの。これまで目を背けていたことも、必死に考えた。お父さんたちからはたくさんのものを与えてもらって、大切にしてもらって、すごく感謝してるけど……、言えずに我慢してたことも、ある」

「………」

父の瞳が大きく揺れた。

曖昧《あいまい》に含ませた言葉で、酷く悩ませてしまった過去の日々を思い出したのだろうと爽良は思う。

あの頃、母を守ろうとした父の振る舞いが間違っていたなんて思っていない。

ただ、あの日を境に、心に闇を抱え込んでしまったことは否定しようのない事実だった。

「私……、このままここにいたら、いつか、逃げ出したくなるかもしれない」

部屋がしんと静まり返った。

きっと傷つけてしまったと、いつもはわからない父の心の中が、そのときは透けて見えるような気がした。

「ここにいると窮屈だって言いたいのか？」

「そうじゃない。けど……、自分が思うように生きてみたい。傍にいたらきっと心配させてしまうから、離れたい。……鳳銘館を訪ねたときに、ここならそれができるんじゃないかって思ったの」

家を出るなら、なにも鳳銘館である必要なんてないと、いつもの父ならそう言うだろう。

爽良が仕事を辞めた理由を堪《こら》え性がないからだと決めつけていたし、早く次の仕事を決め、勝手に自立すればいいと。

しかし、父は黙っていた。

おそらく、爽良が口にした「言えずに我慢してきたこと」がなにを指しているか、気付いているのだろう。

張り詰めた空気の中、爽良の心は鈍く疼《うず》いていた。

胸につかえていた思いをはっきりと伝えたのは初めてだったけれど、それは、決して気分の良いものではなかった。

どうして傷つけずに上手《うま》くやれないのだろうと、自分のふがいなさが悔しくてたまらない。

けれど、もはや後には引けなかった。

これまでにないくらい緊迫した沈黙が続く。

心はどんどん追い詰められ、両手にじっとりと汗が滲んだ。次第に爽良は、今日結論を出すのは無理なのではないかと考えはじめる。――しかし。

「……私は、いいと思う」

突如響いた、小さな声。

沈黙を破ったのは、母だった。

「母さんは黙ってなさい」

父が、顔も向けずに一蹴《いっしゅう》する。しかし、母はキッチンから出てくると、父の横に立った。

「爽良はいつもあなたの言うことを聞いてきたじゃない。……もう、二十三よ。あなたが口を出す歳じゃないわ」

「おい……」

「爽良は優しいから、ずいぶん上手く気持ちを隠せるようになってしまって、……少し不安だったの。……そんな爽良が、初めて反対を撥《は》ね除《の》けても選びたいって言うんだから、応援してあげてもいいんじゃないかなって」

爽良にとって、信じられない光景だった。

母は昔からあまり我を張らず、父を陰からそっと支える昔気質《むかしかたぎ》な人で、父の意見にここまではっきりと異論を唱えることなんて滅多にない。

なのに、今日の母は、機嫌の悪い父を前にしても退《ひ》く素振りがなかった。

ポカンと見つめる爽良に、母は穏やかに微笑む。

「爽良、私は、ここを帰りたくない場所にしてほしくないの」

「お母さん……」

「もし嫌なことがあって途方に暮れるようなことがあったときに、一番に思い出せるような、爽良にとって頼れる場所でありたいのよ。……お父さんだって、そうでしょう……？」

それは、勘当される可能性まで考えていた爽良にとって、あまりにも愛情溢《あふ》れる言葉だった。

喧嘩《けんか》別れのように出ていきたくないという切羽詰まった思いを、おそらく母は汲《く》んでくれたのだろう。

ただ、父はなにも言わなかった。

眉間に皺を寄せて俯《うつむ》く父の表情は、怒りを必死に抑えているようでもあり、一方で、悲しみを堪えているようでもある。

もしかしたら、裏切られたと思っているのかもしれない。

そんなつもりじゃないと言いたいけれど、今はどんな言葉を駆使しても伝わる気がせず、爽良は口を噤《つぐ》んだ。

そして、きっと全員が納得する結論なんてないのだろうと、ならば今は背中を押してくれた母の思いを受け取ろうと、爽良は心を決める。

「心配ばかりさせて、本当にごめん。――私、ここを出るね」

迷いが消えたせいか、もう声は震えなかった。


それからは、戸惑う程の素早さでことが進んだ。

ある日突然弁護士が訪ねてきて、なにごとかと驚く爽良を前に、鳳銘館はもちろん、相続する場合にと庄之助が遺していた相続税ぶんの遺産について、今後の流れを細かく説明してくれた。

聞けば、爽良がどちらに決めたとしてもそれ相応の手続きを代行するよう、庄之助から依頼を請けていたらしい。

お陰で、聞いただけで気が遠くなるようなややこしい相続の手続きに悩む必要はなく、爽良の作業は委任状へのサインだけだった。

驚いたのは、弁護士に連絡をしたのが父だという事実。

あれ以来まともに口をきいていなかったから、その話を聞いた瞬間、胸が詰まった。

途端に目の奥が熱くなった爽良に、弁護士は、「お父様から、『娘は戸惑うと思うので、よくしてやってほしい』と頼まれましたよ」と教えてくれた。

人を介して知ると、父の愛情の大きさをより実感する。

そして、父はきっと恐ろしく不器用なのだと、これまで知ろうとしなかった一面を知れた気がした。

親子とは、近すぎるぶん、見えないことが意外と多いのかもしれないと爽良は思う。だとすれば、離れて初めて気付けることもたくさんあるのだろう。

弁護士と話した後、次に家に帰ってきたときにはもっと父と話してみようと、――いずれは本音で相談できる関係になりたいと、素直にそう思っている自分がいた。

「――子供の頃、お父さんは庄之助さんをどうしてそんなに嫌うんだろうって不思議だったけど、今思えば、視えないお父さんが庄之助さんを気味悪がるのも無理ないよね……。庄之助さんって、地縛霊に普通に話しかけたり可愛がったりするような人だったみたいだし」

数日後、相続の手続きを始めたことを御堂に報告し、爽良は引っ越しの相談のために鳳銘館に向かっていた。

「なにも感じない人間からしたら、全部ひとり言だしね」

「庄之助さんってメンタル強かったんだね……。私にはとてもできない……」

今回も、礼央は当たり前のように同行すると言った。滅多に関心を持たないぶん、一度関わったことは最後まで見届けたいのだろうと、爽良は申し訳なく思いながらもその申し出に甘えた。

それに、今後は気軽に顔を見られなくなると思うと、礼央との時間は貴重だった。

「爽良も極端だと思うけど。まだ小さかった頃、突然、さもなにも視えないかのように振る舞うようになったし」

「それは……、子供だったし、それ以外に両親を困らせない方法が思いつかなかったから」

会話しながら歩く代官山の坂道は、これまでになく空気が軽い。

前回も前々回も紗枝に狙われていたのだから無理もないが、まるで違う場所のように、街並みも明るく見えた。――しかし。

「――ごめんね」

唐突に謝られ、爽良は思わず立ち止まる。

前を歩く礼央が、ゆっくりと振り返った。

「……なんで謝るの？」

「あの頃、理解者になってあげられなくて」

「そんな……！」

「でも、同じものが視える人がたくさんいる環境にいれば、もう一人で堪える必要なくなるね」

「礼央……」

爽良には、礼央に言うべきことがたくさんあった。

当時、あえて黙っていた礼央の判断は正しかったと思っているし、もちろん責めてなんていないし、礼央の存在はとても大きかったと。

けれど、礼央のひと言はまるで別れの言葉のようで、言葉がなにも出なくなってしまった。

何度も考え、納得したはずだけれど、それでも、礼央の存在はあまりにも大きすぎる。爽良は、どんどん大きくなっていく心の痛みをどうすることもできないまま、ただ持て余していた。

しかし、礼央はそんな爽良の手首をそっと引き、ふたたび足を踏み出す。

「行こう。御堂さんを待たせてるから」

寂しさで地に足がつかない心地のまま、やがて、正面に鳳銘館の生垣が見えた。まだ三度目の風景だけれど、すでに馴染《なじ》みの場所のような感覚を覚える。

もう揺らいでいる場合ではないのだと、爽良は気持ちを奮い立たせた。

敷地に入ると、早速、庭木の剪定《せんてい》中だった御堂と目が合う。

「お、爽良ちゃんおかえり。……おかえりは早いか」

「いえ……、ありがとうございます」

「管理人室の掃除は終わってるけど、持ってくる家具を決めなきゃだろうし、まず採寸する？　ってか、休憩したいから先にお茶しない？」

「あ、はい、是非……」

どんどん話が進行し、爽良は戸惑いながらも頷《うなず》く。

すると、御堂は剪定鋏《ばさみ》を仕舞い、体にまとわりついた小枝や葉を雑に払ったかと思うと、ふいに礼央に意味深な視線を向け、唐突に着ていたシャツを脱いだ。

「ちょっ……！」

いきなり上半身裸になった御堂に驚き、爽良は慌てて目を逸《そ》らす。

すると、御堂は可笑《おか》しそうに笑った。

「あ、ごめんごめん。服の中に葉っぱが入ってて気持ち悪くて。俺は見られても全然気にしないから、爽良ちゃんも気にしないで」

「む、無理です……！　気にしてください……！」

「女の子がいる生活に慣れてないもんだから、つい。でもしょっちゅうこんな作業やってるし、これからの季節は暑いからなぁ。悪いんだけど、慣れて」

一向に服を着る素振りのない御堂に、爽良は愕然《がくぜん》とした。

ただでさえ男性に対して免疫のない爽良には、あまりにも刺激が強い。

「な、慣れる、わけ……」

「いや、別に全裸になってるわけじゃないんだから、上くらいでそんな――」

「――必要ないよ、そんな猿芝居。……とっくに決めてるから」

ふいに御堂の言葉を遮ったのは、礼央。

礼央はポカンとする爽良を他所《よそ》に、植木に引っ掛けてあったシャツを掴《つか》むと、御堂に強引に押し付けた。

「早く着て」

「猿芝居は酷《ひど》くない？……ってか、余計な世話だったか」

「空き部屋ある？」

「そりゃあもう。むしろ、ウチ半分くらい空き部屋なんで」

「あ、あの……」

会話の内容に付いて行けない爽良は、二人を交互に見つめる。

すると、御堂はしらじらしい笑みを浮かべた。

「上原くんも、鳳銘館に住むんだって。よかったね、寂しくなくて」

「は……？」

頭の中は、混乱を極めていた。

さっきの会話を思い返してみても、いつどこでそんな話になったのかさっぱりわからない。

すると、御堂はシャツを抱え、演技じみた動作で時計を確認した。

「もうこんな時間じゃん！　俺は先に行ってお茶の用意してるから、二人は庭でも散策してからおいで！」

「え、御堂さん待っ……」

聞きたいことが山程あるのにと、爽良は慌てて引き止めたけれど、御堂はあっという間に玄関へと消えて行く。

「庭、見てみる？」

一方、礼央はいっそ清々《すがすが》しいくらいにいつも通りだった。

「っていうか、さっきのなに……？　どういうこと……？」

「うん？」

「礼央もここに住むって……」

口に出した瞬間、さすがにそんなはずはないと、妙に冷静になった。あれは御堂が適当なことを言っただけで、真に受ける方がおかしいのだと。――しかし。

「住むよ」

礼央はあっさりとそう口にし、庭へ続く石畳の道を進んでいく。

礼央が致命的に言葉足らずなのはいつものことだが、今日に関しては酷い。爽良はわけがわからず、どんどん先へ進む礼央の腕を摑んだ。

「待って……、どうして？　なにか言われたから……？」

「どうしてって言われても。だって爽良、引っ越すんでしょ」

「そうだけど、それとこれとは話が違うし、唐突にそんなこと言うなんておかしいよ……！」

「おかしい？」

ふいに振り返った礼央と目が合い、なぜだか心臓が跳ねた。

幼い頃から何度も見てきたはずの礼央の涼しげな目が、これまでにない程爽良の緊張を煽《あお》る。

「でも、ずっと一緒だったし」

「そう、だけど。……だからって」

「ずっと一緒にいたんだから、これからも一緒にいる。——それのなにがおかしいの」

「…………」

　この人は、天然なのだろうか、と。呆《あき》れる一方で、心臓はこれまでにないくらいに高鳴っていた。

　礼央はこてんと首をかしげたまま、爽良の返事を待っている。おそらく、爽良が動揺する理由が本気で理解できないのだろう。

　どう考えてもおかしいと、そんなに簡単に決めるものじゃないと、言いたいことは次々と浮かんでくるのに、どれも言葉にならなかった。

　その理由は、言うまでもない。本音を言えば、礼央がさも当たり前のようにここに住むと口にするたび、心のどこかでほっとしている自分がいた。

「本気、なの？　冗談とかじゃなくて……？」

「なんで俺がそんな無駄な嘘を言うの。御堂さんじゃあるまいし。……もしかして、爽良は俺がここに住むのが嫌なの？」

「そういう、わけじゃ……」

「っていうか、約束したし」

「約束……？」

「……いいや、昔のことだから。とにかく、爽良が嫌じゃないならもうこの話は終わり」

礼央はそう言って、わずかに目を細めた。

礼央が醸し出す独特な空気に呑《の》まれ、上手《うま》く丸め込まれてしまった感が拭《ぬぐ》えない。けれど、終わりだと言われるともうなにも言えず、爽良は庭を歩く礼央に続く。

「代官山でこの広い庭、贅沢《ぜいたく》」

「本当に……」

普通に会話をしている自分が、なんだかおかしい。

ただ、初めて実際に足を踏み入れた庭は紗枝の意識の中で見た光景と同じで、爽良は不思議な感覚を覚えていた。

現実での庭には鮮やかな花が咲き乱れ、目を奪われる程に美しい。石畳が敷かれた道の周囲には薔薇《ばら》が咲き乱れ、和洋折衷の趣きも見事だった。

驚いたのは、かなりの数の木や花が植えられているにも拘《かかわ》らず、どれも完璧《かんぺき》に手入れが行き届いていること。爽良はふと、御堂が剪定鋏を手にしていたことを思い出した。

庄之助は外部の人間を入れたがらなかったというし、おそらく、すべて御堂によるものなのだろう。

「爽良、こっち」

ふいに名を呼ばれて視線を向けると、屋敷の前に広がるウッドデッキから、礼央が手招きしていた。

それはちょうど談話室の前あたりに位置していて、いかにも手作りといった木製のテーブルセットが並んでいる。

吸い寄せられるように椅子に座ると、広い庭が見渡せ、思わず溜《た》め息が零れた。静かで、草木の香りがし、まるでここだけ時間がゆっくり流れているような錯覚を覚える。

「ここ、落ち着く……」

呟《つぶや》くと、礼央もこくりと頷く。――けれど。

「慣れればね」

意味深な言葉が返ってきて、爽良は首をかしげた。すると、礼央は庭に植えられた、たくさんの白い花をつけた立派な木を指差す。

「うん……？　なんだっけ、あの花。街路樹でたまに見る……ハナミズキ？　もしかして香りが苦手なの？」

「違うよ。よく見て」

そう言われ、爽良は不思議に思いながらもふたたびハナミズキに視線を向けた。――すると。

「あ……」

幹の裏からチラリと覗《のぞ》く、水色のワンピース。爽良の心臓がドクンと大きな鼓動を打った。

もう無害だと聞いてはいても、そう簡単に慣れるものではない。

「紗枝ちゃん、見てたんだ……」

「着いたときからかすかに気配を感じてた」

やはり、霊の気配に関しては礼央の方が鋭いらしいと、爽良は確信した。感覚の差なんて比べようがないけれど、少なくとも、爽良が想像していたよりもずっと敏感なことは明らかだと。

よく今までおくびにも出さずに過ごしてこられたものだと、爽良は礼央の無頓着《むとんちゃく》さに改めて感心した。

紗枝は爽良たちにそれ以上近寄ろうとせず、木の陰に隠れたまま、静かに爽良たちを見つめている。——しかし。

「二人とも、準備できたからどうぞ。そこのガラス戸から上がっちゃっていいよ」

背後の窓から御堂が顔を出した瞬間、紗枝は姿を消してしまった。

「あ……」

「ん？　あ、もしかして紗枝ちゃんいた？」

「いたけど、消えちゃいました……」

「俺、やっぱ嫌われてんだよなぁ。今は祓《はら》わないっつってんのに。……まいっか。とりあえずお茶にしよう」

爽良は頷《うなず》き、言われた通りにガラス戸から談話室に入る。入るとすぐ左にバーカウンターがあり、右側には記憶に新しいソファセットが並んでいた。

爽良はガラス戸を閉める寸前、もう一度庭を見渡す。

紗枝の姿は、やはりどこにも見当たらない。――けれど。

「……また、今度ね」

思わずそうつぶやいた瞬間、柔らかい風が爽良の髪をふわりと撫《な》でた。

背後から笑い声が聞こえて振り返ると、満面の笑みを浮かべる御堂と目が合う。

「御堂さん……？」

「いや、なんだか庄之助さんを見てるみたいだなってね。……でも、よく知らない霊には安易に話しかけちゃ駄目だよ。やばい奴もいるから、なるべく目も合わせないこと。で、すぐに俺に知らせて」

「は、はい……。あの……」

「うん？」

「祓うって、どうやるんですか？　祈祷《きとう》したり……？」

それは、密《ひそ》かに抱えていた疑問だった。すると御堂は意味深に笑い、デニムの後ろポケットからなにかを取り出す。

「え……、あの……」

それを見て、爽良は目を見開いた。

御堂が手にしていたのは、手のひらに収まる程の小さな藁《わら》人形。

藁人形から連想するのは、呪いたい相手の体の一部を込めて五寸釘《ごすんくぎ》を打ちつける、丑《うし》の刻参りと呼ばれる日本古来の呪術《じゅじゅつ》。爽良には小説から得た程度の知識しかないが、お祓いとは真逆の印象があった。

「の、呪うんですか……？」

　思わずそう尋ねると、御堂は可笑《おか》しそうに笑う。

「まさか。祓うときに使う道具なんて人それぞれだけど、俺はひとまずこれに閉じ込めるの。人の形をしていればなんでもいいんだけど、藁人形なら専門の店でまとめ買いできるから」

「専門の、店……」

「うん。それに安いし。で、自分で祓える霊なら裏庭で焚き上げをするけど、難しそうなら実家に持って帰って親父に託す」

「……なる、ほど」

　御堂の説明には、到底理解が追いつかなかった。けれど、深追いしたからといって理解できるとも思えず、爽良は諦《あきら》めて頷く。

　一方、礼央はお祓いの方法には興味がないのか、もはや自分の家であるかのようにリラックスした様子でソファに座り、携帯を操作していた。

　この図太さはある意味強みだと、爽良は思う。

　これから生活が大きく変化し、戸惑うことばかりだけれど、落ち着き払った礼央の存在はきっと心強いだろう。それに、ここには爽良と同じ類《たぐい》の人間ばかりが集まっているという。

「ここにいれば大きい悩みがひとつ減るし、少し気が楽かも……」

ソファに座り思わずそう呟くと、礼央が無言のままこくりと頷いた。——しかし。

「それはどうだろうね。また違う悩みが増えるような気もするけど」

御堂が紅茶を運びながら、意味深に笑う。

「違う悩みですか……？」

「薄々察してるだろうけど、鳳銘館には長い歴史があるし、いろいろ集まってくるからね。紗枝ちゃんみたいに庄之助さんが中途半端に残した問題もまだまだありそうだし、そもそも住人も変わり者ばかりだから」

変わり者と聞いて強烈に思い出すのは、爽良が初めてここを訪れたときに玄関先で会った、少し様子のおかしな男のこと。

地面に這《は》いつくばってなにかを捜す姿は、今思えば常軌を逸していた。——けれど。

「私も周りから散々変わり者扱いされて生きてきたので、人のこと言えないです。それに、人に相談できる悩みなら、なんとか頑張れると思います」

そのときの爽良は、所詮《しょせん》人間相手だと、さほど重く考えていなかった。

「いいねー、前向きで。俺でよければなんでも相談して」

「ありがとうございます。いろいろ教えてほしいこともあるので、是非——」

「——一歩間違えたら家は燃えてたし、爽良自身も危険だったかもしれないのに、そんなに頼っちゃって平気？」

　突如、口を挟んだのは礼央。

　あまりに口調が淡々としているせいで、皮肉だと気付くのに時間が必要だった。

「礼央、それってこの間の……？　あれは別に御堂さんのせいじゃ……」

　慌ててそう言ったものの、礼央は表情を変えず、さらに言葉を続ける。

「そうだけど、危険だって知りながら普通に家に帰すなんて薄情だなって。おまけに祓える人なんでしょ。もっと役に立つ助言くらいできたんじゃない」

　それは、礼央の口から出たとは信じ難い、棘《とげ》のある言い方だった。しかし御堂は怯《ひる》むどころか、むしろ楽しんでいるかのように目を輝かせる。

「いや、ほんと、上原くんの言う通りだ。完全に俺が悪いよ。ごめんね」

「御堂さん……」

「言い訳すると、庄之助さんが亡くなったのも急だったし、遺言やら引き継ぎやらでずっとバタバタしてて。不親切だったなーって思ってるよ。ほんと、心から」

　御堂の言い方は、まるで礼央をわざと挑発しているように聞こえた。

　緊張感が漂う中、爽良はオロオロしながら二人の様子を窺《うかが》う。

　しかし、礼央は感情の読めない視線を長々と御堂に向けた後、ふたたび興味を携帯に戻した。

　爽良は、ひとまずほっと息をつく。――しかし。

「……いいや。どっちにしろ根に持つから」

礼央がサラリと粘着質な発言をし、御堂はついに声を出して笑った。

「俺、びっくりするくらい嫌われてるじゃん。残念だな、俺は好きなのに。……いろいろと、興味深いこともあるし」

「御堂さん……、もうやめてください……」

二人とも本心がわかり辛《づら》いせいで考えもしなかったけれど、どうやら互いの相性はよくないらしいと爽良は察する。

確かに違う悩みが増えそうだと、爽良はこれからの日々を想像して溜《た》め息をついた。

こうして、爽良の新しい生活が始まろうとしていた。

感覚に導かれるままの決断だったけれど、とくに後悔はない。むしろ、これから続く想像できない日常を、少し楽しみに感じている自分がいた。

# 第二章

鳳銘館が建てられたのは約百年前。元は、華族が住む邸館だったという。

しかし、一九四七年、日本国憲法によって華族制度は廃止され、華族は爵位を失い、その多くが没落した。

華族が所有していた不動産のほとんどは売りに出され、その中のひとつを買い取り、鳳銘館と名付けてアパートにした人物こそ、爽良の祖父、鳳庄之助。

鳳銘館のアパートとしての歴史は、今や五十年を超える。

当時の建築の名残をしっかりととどめる佇《たたず》まいは一部のマニアの中で有名であり、ときどき見物に来る者がいるらしい。

玄関も風呂《ふろ》も共同というアパートの元祖のスタイルを貫く鳳銘館だが、シェアハウスの需要が軒並み増えている現代、それは必ずしもマイナス要素ではないのか、マニアの中には住みたがる者が多くいるのだという。――が、鳳銘館の部屋は、現在、約半分しか埋まっていない。

正確には、十九室あるうち入居者がいるのは九室。礼央が越してくることになって、ようやく十室が埋まった。

賃貸物件としては壊滅的な入居率だが、前述の通り、決して人気がないわけではない。

空室だらけの原因は、鳳銘館に入居するための特殊な条件にある。簡単に言えば、鳳銘館には、同じ類の人間しか住むことができず、管理人代理である御堂吏との面談によってふるいにかけられ、ほとんどの者は落とされてしまう。

「霊感があるかどうかなんて、面談してわかるものなんですか……？」

「わかるよ。まぁそうそういるもんじゃないから、新しい入居者なんて滅多にいないけど」

ついに引っ越しを終えた六月。

荷物の片付けを終えた爽良は、御堂から引き継ぎを受けていた。

とはいえ、オーナーをやると決めてから今日までの一ヶ月弱で、会計管理や契約や運営の大まかな流れといった、電話やメールで済む内容の引き継ぎはすでに終えていたため、今日で一通り終了となる。

ちなみに、今後の運営業務のすべてを爽良一人で担当するわけではない。今後も、事務的なこと以外の多くを御堂に続けてもらうことになっている。

だから、爽良は表向きオーナー兼管理人でありながら、実際は御堂の助手のようなものだ。

というのも、御堂が管理人代理として担っている仕事は、庭の手入れから建物の修繕・修復といった専門的なものが多く、とても素人がこなせるものではなかった。

ただ、事前に帳簿を確認したところ、御堂へ支払っている管理業の報酬は、その仕事量から考えるとかなり少ない。爽良が管理人となったことで多少は負担が減るかもしれないが、だとしても釣り合っていないように思えた。

しかし、御堂いわくそれで問題ないとのことで、どうやらあまりお金に執着がないらしい。

爽良が鳳銘館を売却したときは自分が高値で買うと宣言したくらいだし、少なくともお金に困ってはいないのだろう。

結局、御堂がそれで納得しているのならと、引き続きその形でお願いすることになった。

「じゃあ、入居希望者の面談も引き続き俺がやるね」

「すみません……」

「いやいや、俺は実質仕事が減るわけだし、十分助かるよ。でも、もし外で仕事したくなったらいつでも言って」

「はい。……ただ、せっかく庄之助さんが指名してくれたので、しばらく運営に集中してみて、鳳銘館のことを知ろうと思います」

「了解。庄之助さんも喜ぶよ」

正直、鳳銘館を運営する上で生じる利益は少ない。

部屋の埋まり具合は前述の通りで、家賃は代官山の相場を大きく下回っているし、逆に支出に関しては、光熱費に修繕にかかる材料費にその他運用諸々《もろもろ》の諸経費をはじめ、事業税や固定資産税など太いものが多くある。

外部に頼らず運営してきたこれまでの方針を踏襲するのなら、鳳銘館の会計管理はもちろんオーナーである爽良の仕事だが、帳簿を見せてもらった瞬間、想像以上にギリギリの運営だったことに衝撃を受けた。

爽良ひとりがここで細々と生活するぶんには不足はないが、おそらく、普通の人なら相続された途端に売却を考えるだろう。

ただ、儲《もう》けることが目的でない爽良にとって、それはさほど重要な問題ではなかった。

「――で、一階の東側は管理人室の他に一〇一号室から一〇三号室、西側にあるのは全部共同設備で、談話室、浴室、ランドリールームね」

引き継ぎを終えた後、御堂は改めて鳳銘館の中を案内してくれた。

鳳銘館は三階建てで、玄関ホールの吹き抜けを中心として東西に廊下が延び、二、三階の構造は左右対称で各階に部屋が八室ずつある。

一階の西側は御堂の説明の通りすべて共同設備になっているが、初めて水回りの設備を目にした爽良は、その新しさに驚いた。

御堂によると、数年前に長年使った給湯設備がついに限界を迎え、タイルや壁がかなり傷んでいたこともあり、この際だからと大掛かりなリフォームをしたらしい。ランドリールームには最新の洗濯乾燥機がずらりと並び、浴室にはシステムバスルームが二室と、個室のシャワールームが三室設置されている。

「綺麗《きれい》……」

「水回りの傷みは放置すると大変なことになるし、古き良きなんて言ってらんないからね……。とはいえ、今は住人が少ないから、浴槽は片方しか稼働させてないんだ。だから、一つは爽良ちゃん専用にしていいよ。女の子だし、共同風呂はさすがに気になるでしょ」

「そんなことないです！　それに、特別扱いしてもらうわけには……！」

「気にすることないって。それに、意外とみんなうちの風呂使ってなくて、近くのスーパー銭湯に行ってるみたい。年配の人は、浅い風呂があまり好きじゃないんだってさ。せっかくの設備が無駄になるし、むしろ使ってくれた方が報われるよ」

「そういうことなら、遠慮なく……。ありがとうございます」

　正直、設備を見る前は、築百年の建物に設置された共同の水回りとなると、さぞかし年季が入っているだろうと覚悟していた。

　けれど、実際は爽良の実家のマンションの設備よりもずっと新しい上、ひとつは専用の浴室にしてくれるという好待遇。

　想像よりもずっと快適な生活が送れそうだと、爽良は内心ほっとしていた。

「ってか、オーナーは君なんだからお礼を言うのはおかしいんだけどね」

「今は名ばかりですし、ただの新参者ですから」

「そんなに恐縮しないで。上原くんくらいどっしり構えてなよ」

「……礼央はちょっと特殊なので」

「今日の夕方に引っ越してくるんだっけ？　楽しみだね」

意味深な笑みを向けられ、爽良は思わず目を逸《そ》らす。

ただ、礼央にとっては縁もゆかりもない鳳銘館にあっさりと引っ越しを決めたのだから、傍《はた》から見れば勘繰られても仕方がない状況だと爽良もよくわかっていた。

御堂はおそらく、爽良と礼央の間に恋愛的ななにかがあると思っているのだろう。

ただ、人を好きになったことのない爽良にも、礼央が自分に向ける視線がそういう甘いものでないことはわかる。

爽良にとって、恋愛は得体の知れないものだ。ただ、学生の頃に恋愛の話で盛り上がるクラスの女子たちを観察した結果、恋とは、自分の内部でただごとではない現象が起こるものなのだろうと理解している。

一方、礼央は幼い頃から今にいたるまで、爽良への態度に変化があったことなど一度もない。それこそ、思春期真《ま》っ只中《ただなか》ですら。

「あの、勘違いしないでくださいね……？　礼央とは、そういう関係じゃないので。礼央にはちょくちょく彼女がいましたし」

「へえ？……ってことは、今はいないんじゃん？　幼馴染《おさななじみ》が引っ越すから俺も……なんて、彼女には絶対に言えないもんね」

「だから、引っ越しを決めたのは御堂さんがニヤニヤするような理由じゃないですから……。さっきも言った通り、礼央は特殊なんです。長年一緒にいるけど、世間とは感覚がずれてるし」

「ずいぶんはっきり言い切るね。じゃあ、どういう理由？」

「どういうって言われても……。小さい頃から家族も同然だったので、兄目線で心配してるんじゃないかと。……多分」

「わかんないんじゃん」

「……わかんないですよ。御堂さんが間違ってるってことしか」

知りたいのはこっちだと、爽良は思う。

考えてみれば、礼央は引っ越しを決めてから契約するまで、質問ひとつしてこなかった。普通はもっとも重要視するであろう家賃の金額すらも。

なにを考えているかなんて、わかるはずがない。

「ま、いいや。ってか、彼が入るのは一〇三号室だっけ？　管理人室の隣の」

「……そうですが」

「はは！　ごめんごめん、ついからかいたくなっちゃうわー、君ら面白いんだもん。……そうそう、上原くんとの契約は滞りなく終わったんだよね？」

「はい、いたってスムーズに」

「悪かったって。そんなにムッとしないでよ」

ちなみに、仲介業者のいない鳳銘館では、賃貸契約は新たにオーナーとなった爽良と礼央との間で直接交わされた。

契約書自体は、庄之助の意向を汲《く》んで弁護士が作成した雛型《ひながた》が存在するものの、いわゆる仲介業者が間に入って交わすものに比べれば、ずいぶん簡易的だという。

現に、賃貸契約に限らず、契約書というのは表現が難解で内容も複雑なイメージを持っていた爽良は、事前に御堂から契約の説明を受けたとき、その単純さに拍子抜けした。

というのも、縛りや禁止事項は最低限のものしかなく、トラブルを想定した項目も、ほとんどに「両者協議の上決定する」という、あってないような一文が記されていたからだ。

入居希望者には面談をするという話だし、信頼関係がある前提で作成したものなのだろうけれど、これではもはや口約束も同然だった。

そんな、普通なら不安を覚えそうな程の薄っぺらい契約書に、礼央はあっさりと承諾し捺印《なついん》した。

もちろん、元々礼央の警戒心が薄いというわけでは決してない。むしろ、簡単に人を信用せず、ほとんどの人との間に一線を引いている。

そんな礼央だからこそ、引っ越しから契約までの迅速な流れは、爽良にとってもはや奇行だった。

　結果、凡庸な人間には理解できない独特な基準で決断しているのだろうと、今や爽良はすべてをひと括《くく》りにしてそういう理解をしている。

「じゃあ、先に一〇三号室の掃除をしよう。空室の掃除は定期的にやってるんだけど、入居前だし念入りに」

「あ、はい。掃除なら私がやります」

「そう？　じゃ、掃除用具入れの場所を教えておくね。各階にあるけど、ぜんぶ同じ位置だから……って、やば！」

　ようやく話題が変わってほっと息をついたのも束の間、突如御堂が大声を出し、爽良はビクッと肩を震わせた。

　なにごとかと見上げると、御堂は頭を抱える。

「ロンディの餌のこと、すっかり忘れてた……」

「ロンディ……？」

「鳳銘館で飼ってる犬で、住人全員の友達みたいなものだよ。夜は建物の中で過ごしてるけど、昼間は東側の庭に繋《つな》いでるんだ。……ってか、せっかくだから挨拶《あいさつ》もかねて、爽良ちゃんにお願いしてもいい？」

「い、犬……」

「苦手？」

「基本的には好きなんですが……、あんまり気性が荒いとちょっと……」

「それなら大丈夫。すごく利口でおとなしいし、人懐っこいから。餌は談話室の戸棚の中に一回分ずつ分けて入れてあるから、今日は一緒に準備しよう。今後は爽良ちゃんに頼んでもいい？」

「わ、わかりました」

頷《うなず》いたものの、爽良が思い出していたのは、初めてここを訪れたときに見た大型犬のこと。

御堂はおとなしいと言うが、あのとき見た犬がロンディだとするなら、爽良が受けた印象は、おとなしいとは真逆だ。激しく威嚇され、心臓が縮み上がったことは今も鮮明に覚えている。

とはいえ、ここに住むのなら、どの道避け続けるわけにはいかない。

爽良は少し憂鬱《ゆううつ》な気持ちで、御堂と一緒に談話室に戻った。そして、教えられた通りに餌を用意しながら、ふと、重要なことを思い出した。

「そういえば、私まだ住人の方と全然お会いできていないんですけど……、ご挨拶が遅れると失礼ですし、紹介してもらうことってできますか……？」

一般的な賃貸の場合、住人がオーナーや管理人と顔を合わせる機会なんて滅多にないが、ここではそういうわけにはいかない。

できれば良好な人間関係を築いておくべきだろうと、コミュニケーションが苦手な爽良なりに、そう考えていた。

しかし、御堂は少し考えた後、曖昧《あいまい》に笑う。

「いやー、それは前にも言ったけど、おいおいね。いろいろと訳アリな人たちだらけだし、そもそもあまり会えないから」

「会えないって、ここに住んでるんでしょう？」

「住んでるっていうか、たとえば家が別にあってここを作業場にしてる人や、ずっと引きこもって仕事してる人もいるし。まあ中には気のいい人もいるから、会えた順に紹介するよ。少なくとも、挨拶とか形式ばったことを気にする人なんていないから、安心して」

「わかりました……」

頷いたはいいが、正直よくわからなかった。

ただ、ここで長く暮らす御堂がそう言うのなら従っておいた方が無難なのだろうと、爽良はひとまず考えるのをやめた。

それに、いくら共同生活感の強い環境だといっても、ある程度の距離感がある方が爽良にとっても気楽だった。

「じゃ、これ頼むね。ロンディは鳳銘館で一番愛想がいい奴だから、会えばそのガッチガチの表情も緩むと思うよ」

「ガッチガチ……？」

「自覚ないの？　笑ったところ、まだ一回も見てないけど」

「…………」

自覚がないわけではないが、指摘されたのは久しぶりだった。

確かに爽良は、笑うということにあまり慣れていない。霊が視えるこの体質のせいで友達ができず、ごく狭い人間関係の中で生きてきたせいか、必要なシーンがあまりなかったように思う。

学生の頃には、無表情だと陰で揶揄《やゆ》されたことが数えきれない程あるが、あまり気にしたことはなかった。

こういう仕事をするのなら直すべきだろうかと、爽良はつい黙って考え込む。すると、御堂が堪《こら》えきれないとばかりに笑い、爽良の頭をぐりぐりと撫《な》で回した。

「気にした？　ごめんごめん！　大丈夫、別にそのままでも十分可愛いから」

「かわ……」

「ほら、行ってきて！　しっかり仲良くなってきてね」

「は、はあ……」

爽良は背中を押され、ぐちゃぐちゃにされた髪を撫で付けながら廊下を歩く。

そして、外に出て東側の庭に続く竹製の通用口を開けると、そこには、西側の造り込まれた雰囲気とはまったく違う、一面に芝が敷かれた開放的な空間が広がっていた。

ところどころに植えられたポプラの木が空高く枝を伸ばし、木陰に木製のベンチが並ぶ光景は、まるで外国の公園のように美しい。

「綺麗《きれい》……」

思わずひとり言が零《こぼ》れた。

このベンチでぼんやりできたらどんなに素敵だろうと、つい妄想が広がる。――しかし。

突如、どこからともなく犬の息遣いと足音が聞こえ、爽良はハッと我に返った。

しかし、庭をぐるりと見渡してみても、それらしき姿はない。急に飛びかかってきたらどうしようと、爽良は固唾《かたず》を呑《の》んで気配に集中した。――すると。

「ワン！」

突如、建物の奥の角から姿を現したのは、白い大型犬。それは目にも留まらぬ速さで爽良に接近し、その勢いのまま爽良に飛びかかった。

「きゃぁっ……！」

爽良は芝の上に思いきり倒れ込み、手にしていた餌が辺り一帯に飛び散っていく。

すると、犬はキュゥンと嬉《うれ》しそうな声を上げながら、芝生の上に散らばった餌を次々と口に入れた。御堂が餌をやり忘れたと話していたし、よほどお腹が空《す》いているのだろう。

「あなたが、ロンディ……？」

名を呼ぶと、ロンディはまるで返事をするかのようにぶんぶんと尻尾《しっぽ》を振った。

爽良はようやく落ち着きを取り戻し、零れた餌を餌箱に集めてロンディの前に差し出す。

改めて間近で見たロンディは、ふわふわの長い毛も、ぴんと立った大きな耳も、まん丸の目もすべてが愛らしく、御堂が話していた通りにいかにも人懐っこそうな犬だった。

体格や毛の感じは少しゴールデンレトリバーっぽくもあるが、鼻先はシェパードのようにスッと細い。

ただ、そんなことよりも、前に会ったときとあまりに印象が違いすぎていて、爽良は少し混乱していた。

それに、今日は一応繋がれている。東側の庭を自由に動けるくらいに長いリードだが、おそらく玄関までは届かないだろう。

「前はあんなに怒ってたのに……」

思わず呟《つぶや》くと、ロンディはこてんと首をかしげた。その表情が可愛くて、爽良は首元をそっと撫でる。

思えば、爽良は昔から動物を飼うことに憧《あこが》れていた。

父は動物全般が苦手だったため、家で飼うのはまず無理だったけれど、動物園には何度も連れて行ってもらった。

眉間《みけん》に皺《しわ》を寄せながら園内を回る父を見ながら、当時の爽良は、自分のために無理してくれていることがとても嬉しかった。

ついぼんやり過去に思いを馳《は》せていると、餌を食べ終えたロンディが遊んで欲しいとばかりに爽良の頬に鼻先を寄せる。

「まっ……、待って……！　ごめんね、今から掃除しなきゃいけないの。……後で遊ぼうね」

必死に宥《なだ》めると、ロンディはまるで爽良の言葉を理解しているかのように、わかりやすく残念そうな表情を浮かべた。

爽良はもう一度ロンディを撫で、後ろ髪を引かれる思いで背を向ける。

そして、玄関へ向かって歩きながら、改めてロンディと初めて会ったときのことを思い出していた。

再会したロンディは、犬の扱いにあまり慣れていない爽良にも全力で尻尾を振ってくれ、一瞬で心を奪われてしまうくらいに愛らしかった。

だからこそ、牙《きば》を剥《む》き出しにして威嚇されたときのことが、余計に奇妙に思えてならない。

いっそ別の犬だと言われた方が納得いくけれど、御堂と用意した餌は一つ。確実に、ここにはロンディしかいない。

ならば、やはり最初に見たのもロンディなのだろう。

違和感が拭《ぬぐ》えなかったけれど、結局、穏やかに見えるロンディでも番犬のスイッチが入ればああなるのかもしれないと、無理やり納得する他なかった。

気持ちを切り替えて玄関ホールに入ると、バケツを手にした御堂が爽良に手招きをする。

「ご苦労様！」

「いえ、すごく可愛かったです。次は礼央の部屋の掃除ですよね」

「そうなんだけど、大切なことを思い出しちゃって。君に渡そうと思って預かってたものがあるから、先に俺の部屋に取りに行っていい？」

「御堂さんの部屋にあるんですか？」

「うん、三階。結構多いから、一緒に運んでくれる？」

「わかりました」

御堂はバケツを床に置き、階段を上がっていく。爽良も後に続くと、御堂は三階まで上がり、西側の廊下を奥まで歩いた。

足を止めたのは、一番奥の三〇八号室の前。戸には、力の抜けた文字で「御堂」と書かれた表札がかかっている。

「すぐ取ってくるね。待ってて」

御堂は爽良を廊下で待たせて部屋の中へ入って行くと、間もなく、ずいぶん重そうな冊子を五冊抱えて部屋から出てきた。

爽良は御堂の腕から慌てて二冊取り、その重さに驚愕《きょうがく》する。すべて紐綴《ひもと》じ式の冊子で、どれも紐が結べるギリギリの厚みまで紙が綴じられていた。

「なんですか、これ」

「うーん……。いわば、鳳銘館の歴史そのもの」

「歴史……？」

見れば、爽良が抱えた冊子の表紙には見覚えのある筆文字で『日誌　二〇一三〜』と書かれている。

「管理日誌だよ。俺も庄之助さんが亡くなるまで存在すら知らなかったけど、鳳銘館でなにかが起こったときに記録してたみたい。ま、日記みたいなものかな。それが一番新しいやつで、全部で四冊ある。もう一冊は、代々の入居者名簿。契約書類とは別に、庄之助さんがまとめてたやつだよ」

「なるほど……、結構マメだったんですね」

「さっき、住人とまだ全然会ってないって言ってたじゃん？　まあ変わり者ばかりだけど、入居者名簿を見れば少しは情報があるし、いきなり会うより気が楽でしょ。あと、日誌にはなかなか興味深いことが書いてあるから、早速読んでみるといいよ」

「……ありがとうございます」

意味深に笑う御堂に、爽良は嫌な予感を覚えた。御堂と話すうちに、こういう顔で笑うときはなにかを面白がっているときだと、爽良は察している。

あまり過剰に反応すると余計に煽《あお》ってくる気がして、爽良はあくまで平静を保ち、それらを部屋に運んだ。

ふと時計を見れば、時刻は十四時。そろそろ礼央の部屋の掃除に取り掛からなければ間に合わないと、爽良が慌てて部屋を出ようとした瞬間、御堂がそれを制した。

「さっき部屋を見てきたけど、全然汚れてなかったからやっぱり俺一人でいいや。爽良ちゃんは、上原くんが着くまでそれでも読んでて」

「え？　でも……」

「いいから。慣れないことばっかりで疲れてるでしょ」

どうやら御堂は、どうしても爽良に日誌を読ませたいらしい。やれやれと思いながらも断る理由はなく、爽良は渋々頷《うなず》いた。

「わかりました。……ありがとうございます」

「意外と顔に出るよね、爽良ちゃんって」

「……出してるんです」

「そりゃ失礼。……ま、鳳銘館が普通じゃないことは既にお察しの通りなんだけど、前情報は多い方がいいじゃん。日誌にはこれまで起こったいろいろな出来事が詳細に書いてあるから、これから管理人をこなしていく上でのヒントが得られると思うし」

「ヒントですか……」

〝いろいろな出来事〟や、〝こなしていく〟など、御堂の言い回しはいちいち意味深で引っかかる。

おそらく、それもわざとなのだろう。

爽良が頷くと、御堂はひらひらと手を振って部屋を出て行き、残された爽良は積み上がった冊子を前に小さく溜《た》め息をついた。

「いろいろな出来事、か……」

御堂が言った通り、鳳銘館が普通でないことはある程度察している。ここには視える人間しかおらず、御堂の「訳アリ」という表現から考えても、おそらくこの日誌には一般常識とは大きくずれたことが記されているのだろう。

爽良は、興味と不安半々の複雑な気持ちで、ひとまず一番上にあった、『日誌　一九七〇～』と記された一冊を手に取る。

適当に真ん中あたりのページを開くと、かすかに湿気とカビの臭いが漂い、長い歴史を感じさせた。

「……一九七八年、六月二十日……、二〇六号室坂本修哉《さかもとしゅうや》……」

一行目に記されていたのは、四十年以上前の日付。次のページが七月になっているところを見ると、毎日つけるものではないらしい。

爽良は達筆すぎてもはや暗号のような筆文字を、上から順に目で追う。——すると。

「……首に、絞め痕《あと》……。結界、効かず……？　恨みの元は、前妻でおおかた間違いなし……」

文面は、二行目からいきなり奇想天外だった。

想像を超える内容に戸惑いながら続きを読むと、坂本という住人が夜な夜な首を絞められるという怪現象の一部始終が、ページいっぱいに淡々と綴《つづ》られていた。

いくらなんでも現実離れしすぎていて、視える人間である爽良ですら、そう簡単には受け入れられない。

嫌な予感がして次々とページを捲《めく》ったものの、どのページにもそれと似かよった奇妙な記録が残されていた。

中には屋根裏の物音や廊下の足音などの軽いものもあれば、数ページにわたって綴られた、壮大な記録もある。

日誌はいわば、鳳銘館の怪事件簿だった。

これらすべてが本当の出来事だとするなら、ここは正真正銘の幽霊屋敷だ。御堂が言っていた、「また違う悩みが増える」という言葉がふと頭に浮かんだ。

御堂は今頃、爽良の反応を想像して笑っているのだろう。

爽良はうんざりしながらページをさらに捲る。——そのとき、ふと、すべての記録の共通点に気付いた。

それは、ほとんどの記録の最後が「一件落着」の文字で締め括《くく》られていること。

爽良にとってはめちゃくちゃな出来事ばかりだが、一件落着と言うからにはどれも一応は解決してきたのだろう。

気になって、結末だけをかい摘《つま》んで読んでみると、その多くに「善珠院《ぜんじゅいん》」と「栄寛《えいかん》」という二つの単語が繰り返し登場していた。

難しい言葉が多く、すべてを理解することは困難だけれど、文脈から推測するに、善珠院はおそらく寺で、栄寛はお坊さんの名前のようだ。

思い出すのは、御堂が寺の息子であり、その父にあたる住職は庄之助の友人であるという話。

推測でしかないが、善珠院が御堂の実家だとすれば、栄寛とは御堂の父の名前だと考えられる。

爽良の推測を裏付けるように、もう少し新しい年代の日誌を捲ってみれば、「栄寛」という名前は次第に「吏」に入れ替わっていた。

記録を読む限り、御堂もまた、かなりの問題解決に貢献している。御堂はいつかお坊さんになるのだろうかと、爽良はふと思った。

見た目も口調も軽い御堂にお坊さんのイメージはまったくないけれど、普通にあり得る話だ。鳳銘館で管理人代理なんてやっていてもいいのだろうかと、むしろ気がかりでもある。

「……そんなの、余計なお世話か」

思わず零《こぼ》れるひとり言。

爽良は一気に入ってきた情報量を処理しきれず、ひとまず日誌を閉じて壁にもたれかかった。

あまり物のない部屋は、ガランとしていて少し物寂しい。

実家から運んできたのは、ベッドやテーブルなど最低限の家具と、新しく揃えた単身用サイズの家電、そして、服や身の回りの物を詰めたいくつかの段ボールのみ。かなり少ないが、それでも大正ロマンの情緒あふれる部屋では異様に浮いていた。

「庄之助さん、ここでどんな日々を送ってたんだろう……」

すっかり癖になってしまったひとり言をふたたび零し、爽良はぼんやりと天井を仰ぐ。

そのとき、ふいに、庄之助からの手紙の内容を思い出した。

爽良はバッグから手紙を取り出し、そっと開く。気になっているのは、二枚目の便箋《びんせん》に綴られた、「もし爽良が鳳銘館の主人になった場合は、どうか、私の大切なものを見つけてほしい」という願い。

御堂は心当たりがないと、むしろあえて隠したのではないかとまで言っていたが、いずれにしろ理由は謎だ。

ただ、オーナー兼管理人という大役を担ったばかりの今の爽良に、まだ物探しをする余裕はなかった。

溜め息をつくと、ふいに、細く開けた窓から草の香りのする風が部屋を通り抜ける。同時に、ロンディの甘えた声が聞こえた気がした。

誰かが帰ってきたのだろうかと、爽良はゆっくりと立ち上がる。——すると。

コンコン、と、控えめなノックが響いた。

この、空気に溶け込むような静かな気配を、爽良はよく知っている。

足早に駆け寄って戸を開けると、立っていたのは、想像通りの人物。

「礼央……」

「今着いた。……どしたの」

「なにが？」

「なんだか、表情がふわふわしてる」

「ふわふわ？」

独特の表現だけれど、かすかに細められた目から察するに、きっと悪い意味ではないのだろう。

それよりも、礼央の顔を見た瞬間、朝からずっと拭《ぬぐ》えなかった心細さがスッと落ち着いた心地がした。

＊

翌日から、爽良の管理人としての日常が本格的にスタートした。

それは想像していたよりもずっとハードで、朝からロンディの散歩に餌の準備に、植木の水やり、そして共有設備の清掃、郵便物の確認など次々とあり、御堂と分担しながらではあるものの、慣れない爽良に休む間はほとんどなかった。

朝にやるべき仕事をようやく終えたのは、もう正午に近い時間。

「あとは夕方までなにもないから、爽良ちゃんはゆっくりしてなよ。疲れたでしょ」

御堂はそんな爽良を労《ねぎら》い、談話室に入ると背中を押してソファに促した。

爽良はほっとひと息ついたものの、休む様子のない御堂を見て首をかしげる。

「あの、御堂さんは休憩されないんですか……？」

「俺は今から屋根の修繕」

「え、今からですか……？」

「うん。実は少し前の強風で瓦《かわら》が何枚か落ちちゃって、雨漏りしてるところがあるんだ。なにせ築百年だし、いたるところが傷んでてもうボロボロ。しかも日々増えていくから、少しでもやっとかないと追いつかないんだよね」

「そんなに……。なのに、私のせいで手を煩わせてしまってすみません……」

「いやいや、修繕は半分趣味だから。前までここに元宮大工さんが住んでて、いろんな修復技術を習ってるうちに面白くなっちゃって。ちなみに鳳銘館の瓦は形が特殊だから特注で、届くまでにかなり時間がかかるんだけど、普通のやつに葺《ふ》き替えるのは庄之助さんがどうしても嫌だったみたいでさ。内装はいろいろ新しくしてるけど、外観はできるだけ変えたくないみたい」

「こだわってたんですね……。綺麗《きれい》な建物だし、気持ちはわかりますが、特注なんて大変……」

話を聞く限り、修繕ひとつ取っても日曜大工とはレベルが違うらしい。

そうなると安易に手伝うとも言えず、爽良は口を噤《つぐ》む。すると、御堂は疲れを感じさせない笑みを浮かべ、工具箱を抱えて爽良の頭にぽんと手を載せた。

「そんなに気負わなくていいから、のんびりやろうよ。……ってか、バーカウンターの裏の冷蔵庫に消費期限が今日までのシュークリームが入ってるから、君はそれを消費する仕事して」

「え？　あの……」

「じゃ、後でね」

御堂はそう言うと、談話室を後にする。

わかりやすく甘やかされた感があるものの、慣れないせいで妙にくすぐったい。

初めて会ったときは怪しい男だと思ったけれど、今思えば、その印象はかなり変わった。

やたらとからかってくるのは困りものだが、仕事の教え方は丁寧で優しいし、たとえ爽良の手際が悪くても少しも苛立《いらだ》ちを見せない。

おまけに、消費期限が今日までだと言い訳しつつご褒美まで用意してくれている。

まるで子守のような手厚さだが、押し付けがましさはない。この妙に手慣れた感じはきっと長男に違いないと、爽良は勝手な想像をしながらソファの背もたれに背中を預けた。――すると。

「おや、先客がいたとは」

突如背後から声が聞こえて振り返ると、談話室の入り口に、六十代くらいの年配の男性が立っていた。

シャツにカーディガンというこぎれいな格好をしていて、小脇に何冊かの本を抱えている。

知らない顔だが、ここに来るのは住人以外にいない。

爽良は慌てて立ち上がり、深々とお辞儀をした。

「はじめまして……。私、新たに管理人を務めることになりました、鳳爽良といいます。ご挨拶《あいさつ》が遅れてしまい、申し訳ありません……」

すると、男性は目を丸くし、それから小さく笑い声を零す。

「そんな堅苦しい挨拶はいいよ。吏くんから聞いてるけど、庄之助さんの孫なんだって？　僕は二〇二号室の、塚本《つかもと》といいます。……それにしても、あまり似ていないんだね。こんなに礼儀正しくて可愛らしいお孫さんがいるなんて、驚いたな」

「とんでもないです……」

「すっかり住人が減ってしまって、静かなのも悪くはないけれど、少し寂しかったから嬉《うれ》しいよ。こんな老人だが、どうかよろしくね」

「こちらこそ、至らないことばかりかと思いますが、よろしくお願いします」

「はは、もっと肩の力を抜いて」

普通の人だ、と。

塚本と話しながら、爽良は密《ひそ》かにそんなことを考えていた。

視える人間しか入居できないという話や、日誌にあった数々の事件簿など、事前に普通じゃない情報を知りすぎていた爽良にとって、いかにも常識的に見える塚本との出会いは、いい意味で拍子抜けだった。

塚本は挨拶を終えるとガラス戸からウッドデッキに出て、手にしていた本を開く。

その光景はまるで一枚の絵画のようで、爽良はつい見入ってしまった。

鳳銘館は謎だらけの奇妙な場所でありながら、景観が美しく、時間の流れが穏やかで、不思議と懐かしい。

とくに談話室の雰囲気は特別で、一度ソファに腰を下ろしたが最後、この独特の空気にいつまでも浸っていたくなる。

しかし、新米管理人の爽良には、そんな時間の余裕はなかった。

余裕があるうちに教えてもらった仕事の流れを整理しておこうと、爽良は気合いを入れ直して立ち上がる。しかし、ふと御堂の言葉を思い出して冷蔵庫を開けた。

すると、中にあったのは、有名なスイーツ店の小さな箱。油性ペンで直接「引越し祝い」と書かれている。

そっと取り出し箱の中を覗《のぞ》くと、綺麗に粉糖を纏《まと》ったシュークリームが二つ入っていた。

消費期限が今日だと聞いたときは、てっきりコンビニのものだと思い込んでいたけれど、生菓子ならばそもそも当日中しか持たない。

いつの間に買ってきたのかは謎だが、爽良のためにわざわざ用意してくれたものであることは確実だった。

こんな扱いを受けていいものだろうかと戸惑うけれど、ふわっと漂う甘い香りが、たちまちそれを曖昧《あいまい》にしていく。

結局爽良は素直に受け取ることにし、箱を注意深く抱えて談話室を出た。箱には引越し祝いと書かれているし、もうひとつはきっと礼央の分だろうと、玄関ホールを通り過ぎて東側の廊下を進む。

東側には、奥から順に一〇一号室から一〇三号室まであり、一〇三号室が礼央の部屋だ。

爽良は礼央の部屋の戸を控えめにノックしながら、なんだか本当に同居しているようだと改めて思った。

引っ越す前までは、マンションの隣同士とそう変わらないと思っていたけれど、実際は想像よりも共同生活感が強い。

緊張するような仲でもないはずなのに、戸の前で礼央を待つ時間は、なんだかそわそわした。

しかし、しばらく待ったものの、礼央は顔を出さなかった。

爽良はひとまず自室に戻ってシュークリームを冷蔵庫に入れると、礼央へ連絡するためポケットから携帯を取り出し、――結局、連絡せずにふたたび仕舞う。

いくら気軽に声をかけやすい環境だといっても、礼央は仕事に集中しているのかもしれないし、そのあたりの距離感をわきまえないと、迷惑をかけかねないと思ったからだ。

「別に急がなくてもいいか。あとで礼央の部屋の戸にメモでも貼っておこう……」

爽良は気持ちを切り替え、パソコンに向かうと、朝の業務リストの作成に取りかかった――ものの。大変だったはずの業務は箇条書きにすると驚く程簡素で、いとも簡単に作り終えてしまった。

爽良はパソコンを閉じ、溜《た》め息をつく。

託されたからにはしっかり務めたいと、気持ちが少し前のめりになっていることは、自覚していた。

ただ、そればかりは自分ではどうにもならない。

爽良はふと思い立ち、御堂から日誌と一緒に渡された、入居者名簿を開いた。

今日はたまたま二〇二号室の住人である塚本に会うことができたが、今度はいつ誰と会えるかわからないし、住人の名前くらいは把握しておこうと。

入居者名簿を開いた途端、目に飛び込んできた達筆な筆文字には辟易《へきえき》としたけれど、その中身は案外見やすくまとめられていた。

部屋ごとにファイル用インデックスで仕切られ、代々の住人たちの記録がすべて残っている。

試しに二〇二号室のページを開いてみると、一番上に塚本の名前があり、簡単な個人情報の他、庄之助の主観で人となりが書かれていた。

「えっと……、元は脚本家で、観劇と読書が趣味。本のお薦めを聞けば次々と持ってくるから読むのが追いつかない……って、なんか愚痴みたい」

爽良は思わず笑う。

しかし、次の行を読んだ瞬間、ふと違和感を覚えた。

「もし借りるときには、細かく感想を求められるから、注意を……？」

この名簿を使っていたのは、御堂の話から察するに庄之助だけのはずだ。なのに、文面はまるで他の誰かが見ることを想定しているように感じられる。

「もしかして……、私……？」

それ以外に、考えられなかった。

とはいえ、綴《つづ》られた筆文字は少し色褪《いろあ》せていて、そんなに新しいものではない。

庄之助はいったいいつから爽良が継ぐことを想定していたのだろうかと、爽良は不思議な気持ちで庄之助からの注意書きを何度も読み返した。

ここにいると、もう答えを知ることのできない謎が次々と増えていく。

ただ、それは、意外にも悪くない心地だった。

「――なんだろう、これ……。泥……？」

それは、爽良が鳳銘館へ引っ越してから一週間が経ったある日のこと。

廊下のモップがけをしていた爽良は、三〇五号室の戸の前が、じっとりと湿った泥で汚れていることに気付いた。

近寄ってみると、それは粘土質でかなりの水分を含み、小石や苔《こけ》のようなものも交ざっている。

どこから運ばれたものなのかもわからないし、そもそも、どういう経緯で泥を屋内に運んだのかまったく見当がつかない。不思議に思いながらしばらく見つめていると、突如、泥の塊の中でなにかがピクッと動いた。

虫かと一瞬怯《ひる》んだものの、泥の中から現れたのは、小さな金魚だった。しかし、それは弱々しく鰓《えら》を動かしたのを最後に、動かなくなってしまった。

「どうして金魚が……」

爽良はますます混乱する。唯一考えられるのは、三〇五号室の住人が関係しているのではないかということ。

数日前に丸暗記した入居者名簿によれば、三〇五号室には長谷川《はせがわ》道郎《みちろう》という七十代の男性が住んでいるはずだが、まだ顔を合わせたことはない。

ひとまず話を聞いてみようと戸をノックしてみたものの、ある意味予想通りというべきか、いくら待っても反応はなかった。

結局なにもわからないし、なんとなく不気味だが、泥をこのまま放置するわけにはいかない。

爽良は重い溜め息をつき、掃除用具入れに雑巾《ぞうきん》とバケツを取りに行くと、金魚の死骸《しがい》だけティッシュでそっと拾い上げ、廊下の掃除に取りかかる。

泥をバケツに集めると、それは思った以上の量になった。

粒子が細かくかなりの水を含んでいて、金魚が交ざっていたことを考えても、まるで池の底を浚《さら》ってきたようだと爽良は思う。

そのとき、ふいに、数日前に聞いた御堂の話を思い出した。

御堂によれば、この屋敷を建てた元華族の主人は樹木の研究が趣味であり、庄之助が買い取った時点で、すでに裏庭は雑木林さながらだったという。

庄之助自身も植物を好んでいたし、撤去する理由もなくそのままにしていたところ、それらは年々好き放題に枝を伸ばし、今や雑木林どころか鬱蒼《うっそう》とした森のような状態になっているらしい。

それはそれで雰囲気がいいからと、周囲の家に迷惑がかからない程度に放置しているということだが、その話をしているとき、御堂は裏庭にある池のことを教えてくれた。

なんでも、井戸から水を引いていて、水位が一定以上になれば排水溝に流れる仕組みになっており、一応は循環されているお陰で、手入れをしていない割に綺麗《きれい》なのだという。

裏庭では爽良がやるような仕事はとくにないと聞いていたし、爽良はまだ一度も足を踏み入れたことがない。

　けれど、水を含んだ不自然な泥を見てしまったせいで、裏庭にあるという池のことが妙に気になりはじめた。

　爽良はここからでも見えるだろうかと、廊下の窓を開けて裏庭を見下ろす。そして、目に入った光景に息を呑《の》んだ。

　窓が磨《す》りガラスのせいで気付かなかったけれど、確かに裏庭はかなり鬱蒼としていた。三階の窓まで届きそうな木がたくさんあり、一般的な庭のレベルをゆうに超えている。

　遠くに目を向ければ木の枝越しに高層ビルが見え、なんだか異様だった。

　ただ、よく見てみれば、敷地を囲う生垣添いには高い木がまったくない。御堂の言う「周囲の家に迷惑がかからない程度」というのは、つまりそういうことなのだろう。

　なんだかんだできちんと管理されていることに感心しながら、爽良は裏庭の景色を見下ろす。

　ただ、そこからでは肝心の池は見当たらなかった。爽良は廊下を西へと移動しながら、順に窓を開けて下を確認した。

　ようやく池らしきものが見えたのは、三〇七号室の前の窓から見下ろしたときのこと。

　池は想像とは少し違い、まるで自然にできたかのような飾りけのないものだったけれど、遠目に見る限り、水はそこそこ綺麗だった。

　完璧《かんぺき》に整備された表の庭とはずいぶん雰囲気が違うものの、池のほとりで森林浴気分を味わうのもよさそうだと、爽良は池を見ながらぼんやりと想像する。――そのとき。

突如、池の水面《みなも》に大きな波紋が広がった。

鳥でもいるのだろうかと目をこらすと、池の手前側で、かすかになにかが動いているのが見える。

角度的によく見えず、爽良はもうひとつ西側の窓に移動して下を覗《のぞ》いた。――そのとき。

「人がいる……」

見えたのは、生成り色の着物を着た男の影。

ただ、その様子は明らかに異様だった。

というのも、地面に這《は》いつくばって池の中に腕を突っ込み、尋常じゃないくらいに必死な様子で次々と泥を掻《か》き出している。

なんだか異常性を感じ、ゾッと背筋が冷えた。

そして、あの男はもしかして長谷川ではないかと爽良は直感する。目的はともかく、三〇五号室の前に落ちていた泥は、長谷川がああやって掬《すく》い、運んできたものなのではないかと。

爽良は慌ててその場を離れ、廊下を戻って階段を一気に駆け下りる。正直、かなり不気味な印象を受けたけれど、自分は管理人だという気概もあり、放っておくわけにはいかなかった。

爽良は、西側の廊下の奥にある庭への通用口を出て裏庭へ向かった。

初めて足を踏み入れた裏庭は、上から見下ろしたときの印象よりもずっと暗く、鬱蒼としていた。

所詮《しょせん》は敷地内だと甘く考えていたけれど、とにかく木が多く、鳳銘館がなければ方向すら見失いそうだった。

見上げると、爽良が開けっぱなしにしてきた三階の窓が見え、爽良はそこから見えた位置関係を頼りに裏庭を進む。

すると、間もなく視線の先に池が見えた。

しかし、そこにはもう人影はない。

それどころか、男がいたはずの場所には、水が飛び散った形跡すらなかった。

ほんの数分も経っていないのにと不思議に思いながら、爽良は、池の周囲をぐるりと歩いた。

池はややひょうたん形にくびれた楕円《だえん》形で、長径が四メートル程。庭に造られた池にしては大きいが、森のような環境の中ではむしろ小さく感じられた。

池の縁は大きな石で固められていて、東側にはいかにも手作りといった排水溝がある。今は涸《か》れているが、御堂が言っていたように、水位が上がればここから排水されるのだろう。

ひとしきり観察し、爽良は首をかしげた。

なにより気がかりなのは、男の目的。爽良は男がいたはずの場所に座り込み、池の中を覗き込む。すると、ところどころに金魚らしき赤い影が動く様子が見えた。

やはりあの泥はここから持ってきたのだと、爽良は確信する。

「なにかを落とした、とか……？」

それは、唯一考えられる仮説だった。もしそうだとすれば、あの必死さからして、かなり大切なものである可能性が高い。

ただ、だからといって、部屋の前に泥が落ちている理由にはならなかった。

爽良はひとまず御堂に報告しておこうと立ち上がる。――しかし、そのとき。ふいに、池の中でなにかが動いた気がした。

爽良はふたたび視線を落とし、思わず息を呑む。

池の底にあったのは、――大きく見開いた、二つの目。

「っ……」

声は出ず、視線にとらえられて身動きが取れない。

頭は真っ白で、額にじわりと嫌な汗が滲《にじ》んだ。――そのとき。

『グルル……』

突如、背後から聞こえた唸《うな》り声。

この声はロンディだと思った瞬間、不思議と体の硬直が解けた。しかし、振り返った爽良はたちまち言葉を失う。

『グルル……』

　ロンディは、普段の愛らしい姿からは考えられないくらいに恐ろしい形相で、爽良に向かって激しく威嚇していた。

「ロンディ……？」

　ただ、爽良はこの鬼気迫る様子に覚えがあった。頭を過《よぎ》っていたのは、ロンディと初めて会ったときのこと。

　あのときの迫力は、とても忘れられない。

「どう、したの……？」

　必死に呼びかけるけれど、ロンディはまったく警戒を緩めることなく、爽良との距離をじりじりと詰める。

　背後は池で、逃げ場はない。今にも飛びかかってきそうなロンディを前に、爽良はどうすることもできなかった。

　しかし、そのとき。

「こらこら！　やめなさいって……！」

　突如聞こえた、緊張感のない叫び声。

　途端に、ロンディはあっさりと警戒を緩める。

　声がした方に視線を向けると、慌てて近寄ってくる御堂の姿があった。

　気が抜けてその場にぺたんと座り込むと、御堂はロンディの頭を撫《な》でながら、爽良に片手を差し出す。

「大丈夫？」

「あ、あの……、私、なにかロンディに嫌われるようなことをしたんでしょうか……」

「……は？」

「すごく怒ってるから……」

御堂はポカンとしていた。

どこか嚙《か》み合わない反応に、爽良は首をかしげる。

すると、御堂はロンディと見つめ合い、それから突如、可笑《おか》しそうに笑った。

「爽良ちゃん、この子ロンディじゃないよ。この子はスワロー」

「はい……？　ち、違う犬……？」

それは、信じがたい言葉だった。

そもそも、ロンディ以外に犬がいるなんて聞いていない。

すると、スワローはさも迷惑そうな表情でフンと鼻を鳴らし、――突如、スッと姿を消した。

「き、消え……っ」

まさかの光景に、爽良の頭が真っ白になる。

御堂は相変わらず笑いながら、爽良の手首を引いて立ち上がらせた。

「そんなところにいたら池に落ちるよ。ってか君、スワローのこと、普通の犬と変わらないくらいハッキリ視えるんだね。視力は庄之助さん以上かも」

「視力……？」

「ひと言で霊感って言ってもそんなに単純なものじゃなくて、人によって個性があるからね。君は視力が特別優れてるって話」

さも日常会話のように言っているが、爽良の理解は到底追いつかない。

すると、御堂は鳳銘館へ向かって歩きながら、スワローのことを話してくれた。

「ロンディとスワローは兄弟なんだ。うちの実家で飼ってた犬の子供なんだけど、生まれたときに庄之助さんが二頭とも引き取ったの。ただ、スワローの方は生まれたときから体が弱くて。っていうか、正確に言えば不《ふ》憫《びん》なくらいに感覚が鋭い子で、まぁいろいろあって早死にしちゃったわけ」

「いろいろ……？」

「長くなるから、それはまた話すよ。で、死んじゃったんだけど、ロンディから離れようとしないんだ。番犬としてすごく優秀だから助かってるけど」

「……なる、ほど」

なるほどと言ってみたものの、納得するにはもう少し時間がかかりそうだった。

ただ、実際に消えるところを見てしまった以上、否定しようがない。

「つまり、私が初めて鳳銘館に来たときに会った子はスワローの方だったんですね……。おかしいなとは思ってましたけど……」

「あー、そういえば、ロンディの餌を頼んだとき、やけにびびってたね」

「っていうか……、いずれにしろ、私はスワローに嫌われすぎているような……。さっきはかなり威嚇されましたし」

生死のことはいったん置いておいたとしても、鳳銘館にいる以上、それは大きな問題だった。

出会うたびにあんなに警戒されていては、恐ろしくて仕方がない。

すると、御堂はふいに立ち止まり、不思議そうに首をかしげた。

「いや、スワローはロンディと違ってかなり無愛想だけど、賢いし、人を威嚇したりしないよ。もしかして、スワローになんかした？」

「まさか……！」

「そっか。……じゃあ、爽良ちゃんの近くになにかがいたんじゃん？……視てないの？」

「え……？」

そう言われて思い出すのは、池の底から爽良をじっと見つめる何者かの視線。

スワローの登場に混乱してすっかり忘れていたけれど、あれはおそらく見間違いではない。

「そ、そうだ……。相談しようと思ってたんです。さっき、池の中から誰かに見られたような気がして……」

「なるほどね。じゃ、スワローはきっと、そいつを警戒してたんだ。……何度も言ってるけど、ここにはいろんなのがいるから。裏庭なんてとくにじめっとしてるし、いかにも出そうじゃん。いかにも出そうだって感じた場所には、フツーに出るから」

「…………」

いつものことだが、あまりに平然と言われると調子が狂う。

どうやったらここまで肝が据わるのだろうと、不思議に思えてならなかった。

「あの、大丈夫なんでしょうか……」

「そりゃどんな霊かによるよ。ちなみに、印つけられてない？」

「印……？」

「そう。霊に目を付けられると、手首とか足首とか、首って付く部位に変な痣《あざ》を残されることがあるから」

「そうなんですか……？」

「この人は自分を救ってくれるかも……って期待して、印を付けるんだ」

爽良はゾッとし、慌てて自分の手首と足首を確認した。しかし、それらしきものは見当たらず、ひとまずほっと息をつく。

そのとき、御堂が時計をチラリと見て顔色を変えた。

「やば！　俺ちょっと実家を手伝う約束してるから、もう出かけないと。爽良ちゃんはあまり怪しげなところに行かないように！」

「え、あ、待ってください、まだ……」

「ごめん、時間がないから帰ったら聞くね！　もし身の危険を感じたら、管理人室にいること。あそこは安全だから！」

「安全……？　それどういう……」

「結界が張ってある！　じゃ、また！」

「結界……？」

御堂は爽良に手を上げ、あっという間に去っていった。

三〇五号室の前の泥のことを相談したかったのにと、爽良は御堂の後ろ姿を目で追いながら、呆然《ぼうぜん》と立ち尽くす。

しかし、急に静まり返った裏庭に気味悪さを覚え、足早にその場を後にした。


「――スワローって、あの愛想のない犬？」

裏庭を後にした爽良が談話室に寄ると、礼央がウッドデッキで仕事をしていた。爽良が朝からの一連の出来事を話すと、礼央は文字を打ち込みながら涼しい顔でスワローのことを口にする。

「知ってるの……？」

「ここで仕事してたら、よく半透明な犬を見かけるから、多分それかなって。たまに変な奴を追いかけてる」

「変な奴って、つまり……」

「お察しの通り」

やはり、礼央の感覚はかなり鋭いらしい。霊の姿ははっきり視えないと言うが、御堂が言っていた、霊感にも個性があるという話は、つまりこういうことなのだろう。

「爽良みたいにハッキリ視えるとかえって不便だね。見分けがつかなくて」

「確かに、そのせいで小さい頃から大変だったよ。せめて見分けがつけば避けられるのにって……」

「避けたいって思ってるくせに、それでもやっぱりここにいたいの？　こんなにうじゃうじゃいるところに」

それに関しては、礼央が疑問に思うのは無理もなかった。なにせ、自分自身でもまだ矛盾が完全には拭《ぬぐ》いきれていない。

とはいえ、ここには、爽良が心を決めるきっかけとなった明確な魅力もある。

「もちろん、できれば遭遇したくないし、怖いことに変わりはないけど……、理解してもらえる環境にいれば、気持ちが楽だから」

「御堂さんとか？」

「ここの住人はみんな視えるって聞いてるし、礼央もでしょ……？」

「まあ、そうだね」

「視えないふりして、一人で怖がってるのはやっぱり苦しいから」

ふいに、礼央のタイピング音が止まった。

なにげなく横からディスプレイを覗《のぞ》き込むと、目に入ったのは、赤いバツ印が表示された小さなポップアップ画面。

システム開発をする会社にいた爽良は、それがコードのエラーを通知するものであると、一応知っている。

「あ……、ごめん。気が散っちゃうよね。また後で……」

爽良は邪魔してしまったことを申し訳なく思い、慌てて立ち上がった。——しかし。

「爽良」

「え？」

名を呼ばれて視線を向けると、礼央はノートパソコンをパタンと閉じて爽良を見上げる。

礼央の視線が、いつになく意味深だった。

「どうしたの……？」

「………」

「礼央？」

「……俺は」

続きを待つ時間が、やけに長く感じられた。

しかし、礼央は突如我に返ったように瞳《ひとみ》を揺らし、ふたたび視線を外す。そして。

「……この仕事、全然急ぎじゃないからいいよ。池での話、聞く」

「え、……でも」

礼央は、明らかに、言いかけた言葉を飲み込んだ。

それがはっきりとわかったのに、爽良には尋ねることができなかった。

礼央が言わないと判断したことならば、きっと、どうやっても聞き出すことはできないだろうと思ったからだ。視えることを完璧《かんぺき》に隠し続けたこれまでのように。

「そういえば、最初に会ったときのスワローは誰を威嚇してたの」

考え込む爽良を他所《よそ》に、礼央はすっかりいつもの調子で椅子を指差し、ふたたび座るよう促した。

爽良は戸惑いながらも、腰を下ろす。

そして、改めて礼央の質問の意味を考えた。

「なにをって……？」

「だって、スワローは人を威嚇しないんでしょ」

「そうだけど、別に変な気配は……」

爽良は、当時の記憶を辿《たど》る。

あのときは突然現れた大きな犬がただただ恐ろしく、逃げることで頭がいっぱいだった。

「じゃあ、やっぱり爽良に吠《ほ》えてたの？」

「……多分、そうなんじゃないかな」

「誰もいなかった？」

「ううん、住人が――」

言いかけて、ふいに心がざわめく。

忘れもしない、あの日鳳銘館の入り口で会った年配の男は、地面に這《は》いつくばり、常軌を逸する必死さでなにかを捜していた。着物が汚れるのも気にせず、植木の根本を漁《あさ》る様子は今思い出しても異常だ。

ふと、嫌な疑問が込み上げてくる。

あれは、――本当に、人だったのだろうかと。

「やっぱり不便だね。見分けがつかないと」

爽良の考えを察したのだろう、礼央が平然とそう呟《つぶや》いた。

ただ、そのときの爽良の頭の中では、記憶の中の男の姿が、同時に別の記憶とも重なっていた。

「そういえば……、玄関前で会った人、池に手を突っ込んでた男の人と同じ色の着物を着てた気がする……」

口に出すと恐怖がより膨らみ、背筋がゾクッと冷える。そして、同時に確信した。爽良が二度視た着物の男は同一人物であり、もう生きていないのだと。

両手で体を摩《さす》ると、そんな爽良をさらに追い込むかのように、初夏とは思えない冷たい風が吹いた。――そして。

「……爽良」

「うん……？」

「その首の痣《あざ》、どうしたの」

「痣……？」

真っ白になった頭の中に、唐突に、御堂との会話が浮かぶ。

それは、ついさっきのこと。池で感じた視線の話をすると、御堂は爽良に、印を付けられていないかと尋ねた。霊は、自分を救ってくれるかもしれないと期待した相手に、印を付けるのだと。

爽良は恐る恐る携帯を取り出し、インカメラで自分の首を確認する。

すると、普段は髪で隠れている耳の下あたりに、身に覚えのない青い痣がくっきりと残っていた。

「これ……、まさか……」

たちまち込み上げる不安。どんどん速くなる鼓動を抑えることができず、爽良は拳《こぶし》を強く握る。

「どうしたの」

問いかけられ、爽良はビクッと肩を揺らした。

けれど、礼央の静かな目に見つめられると、不思議と心が落ち着きを取り戻していく。

昔からそうだったからか、もはや体がそういう仕組みになってしまっているらしい。

だから、爽良はこれまでしてきたように、なかば無意識に首を横に振った。

「ごめん……、大丈夫」

それは、怖いことがあったときの、いつも通りの流れだった。たとえ詳しく話せなくても、それだけで爽良は十分に救われていた。——けれど。

「俺も、今は理解者の一人なんじゃないの」

いつになく強めな口調に、爽良はハッと我に返る。

「また隠すの」

あまり抑揚のない声が、なんだか寂しげに響いた。

爽良は慌てて首を横に振る。

「ち、違う……」

「なにが」

「今のは、いつもの癖っていうか……」

「癖？」

「……ごめん」

「よくわかんないけど、癖なら直して。すぐ」

思えば、庄之助の遺言騒ぎが始まった頃から、爽良は、礼央の雰囲気が少し変わったような気がしていた。

静かで穏やかで、まるで空気のように自然に、当たり前に傍にいてくれた礼央の瞳から、最近は少し違う色が見える。

あえて表現するならば、後悔のような。

ただし、そこに不安定さも危うさも感じられない。むしろ、昔からこうだったかもしれないと錯覚する程、礼央の瞳に馴染《なじ》んでいる。

「あの……、この痣、霊に目を付けられた印なんじゃないかって思って……。さっき御堂さんから、そういうことがあるって聞いたから……」

爽良は、そんな礼央の瞳に促されるまま、痣のことを話した。

礼央は爽良の首筋の印を見て、眉《まゆ》を顰《ひそ》める。

「ソレを付けられたらどうなるの」

「わかんないけど……。印っていうくらいだから、付き纏《まと》われるのかも……。だからちょっと怖くなって……」

「状況的に、印を付けたのはその着物の男っぽいよね。その人が何者なのかはわかんないの？　御堂さんはなんて？」

「それが、聞こうとしたら慌てて出かけちゃって」

「全然役に立たないじゃん」

「礼央……」

礼央はサラリと辛辣《しんらつ》なことを言い、腕を組んで考え込んだ。

そして、しばらくの沈黙の後、突如上を見る。爽良もつられて見上げると、ウッドデッキのちょうど真上のあたりに三〇五号室の窓が見えた。

「カーテンが閉まってるし、留守かな。でも、部屋の前に池の泥が落ちてたなら、やっぱり三〇五号室の住人と着物の男はなにか関係がありそうだよね」

「うん。でも……長谷川さんに限らず、ここの住人にはいまだにほとんど会えてないの。気長に待ってても会えなそうだから、御堂さんが帰ってきたら聞いてみようと思ってるけど……」

「そう。なにかわかったら、教えて」

「うん。ありがとう」

礼央はそれ以上なにも言わなかった。

爽良は背もたれに背中を預けたまま、ゆっくりと深呼吸をする。

ふと庭に視線を泳がせてみれば、いろんなところに潜む小さな気配に気付く。裏庭はほぼ森だし、虫や小動物がいてもおかしくはないが、もしかしたらそのどちらでもないかもしれない。

これまではできるだけ視ないように、認識しないようにしてきたけれど、人に視えない存在が思ったよりもたくさんいることを、爽良は最近、身をもって感じている。

そして、こうやって奇妙に共存する場所が存在することが、いまだに不思議でならない。

それでも居心地のよさを感じてしまうところが、まさに、解消しきれない矛盾だ。

その日、結局御堂は戻らなかった。

夕方に「帰れそうにないから鳳銘館をよろしく」とメッセージが届いたのを最後に、それ以降は音沙汰《おとさた》がなかった。

御堂の事情はよく知らないが、実家の用事というからには、寺の行事に駆り出されているのかもしれないし、だとすればきっと忙しいだろうと、爽良はそれ以上連絡するのをやめた。

そして、夜。

入浴を済ませて部屋に戻った爽良は、ベッドに寝転んで一日の出来事をぼんやりと考えていた。

三〇五号室の前が泥で汚れているのを見つけたときから、なにかが始まってしまったような感覚がはっきりとある。

爽良はふと思い立ち、手鏡で首の痣を確認した。

消えていればいいのにというわずかな望みは、鏡を覗《のぞ》いた瞬間にあっさりと打ち砕かれた。むしろ、痣はくっきりと濃く、大きくなっている。

静かな部屋に、重い溜《た》め息が響いた。

窓越しに空を眺めると、ぼんやりと浮かぶ月が見える。

鳳銘館は、とても静かだ。ときどき、怖くなるくらいに。

世田谷のマンションに住んでいた頃は両親もいたし、周囲の生活の気配がなんとなく感じられたけれど、今はそれがまったくない。この辺りも住宅街だけれど、静けさのレベルが一段階違う。

それが心地よいと思うときもあるけれど、今日は、なんだか落ち着かなかった。

爽良はテレビをつけ、音を小さく絞る。なんでもいいから、人の声を聞いていたい気分だった。

今日はこのまま眠ってしまおうと、爽良は布団に潜り込んで目を閉じる。

テレビから聞こえる笑い声が、ざわめく心を少しずつ落ち着かせた。やがて、ゆっくりと意識が遠退《とおの》いていく。――しかし。

ベシャ、と。

突如奇妙な物音が響いて、爽良は意識を引き戻した。

それは、テレビの音とはまったく違う、あまり聞き馴染みのない音だった。

爽良は布団の中に潜り込んだまま、テレビを消して物音に意識を集中する。

すると、――ベシャ、と、ふたたび同じ音が響いた。

それは、まるで水を含んだ布をどこかに叩《たた》きつけているかのような独特な響きだった。

さっきよりも音が少し近い気がして、気味悪さに体が強張《こわば》る。

音が聞こえてくるのは、おそらく玄関ホールの方から。

爽良はおそるおそるベッドから抜け出し、物音を立てないようにダイニングへ移動して、玄関ホールへ通じる戸の前に立った。

音の正体は想像もつかないし、つい不気味な方に想像が働いてしまうけれど、住人が玄関ホールでなにかをしている可能性も十分に考えられる。

むしろ、そう考える方が自然だ。

いろいろなことが起こりすぎたせいで、すべてに敏感になりすぎている自覚があった爽良は、とにかく音の出どころを突き止めようと、おそるおそるドアスコープに顔を寄せた。

しかし、小さな魚眼レンズ越しに見えるのは、ただの暗闇。

もう夜なのだから当然だと、一度はそう考えたものの、ふと、玄関ホールには常夜灯があることを思い出す。

常夜灯は狭い範囲をぼんやり照らす程度の頼りないものだが、住人たちが夜中に帰ってきてもいいように、土間や階段沿いにいくつも設置されている。

こんなにも暗くなるものだろうかと、爽良はふと疑問を感じ、もう一度玄関ホールを覗いた。――瞬間。

暗闇だと思っていたものが、突如、グリッと動いた。

「っ……」

心臓が、ぎゅっと縮み上がる。

そして、これは玄関ホールの景色ではなく、――人の目だと。誰かが向こう側から覗き込んでいるのだと察した。

全身に緊張が走って身動きが取れず、額に嫌な汗が滲《にじ》む。

魚眼レンズは逆側からは見えないはずなのに、その目は、まるで見つけたとでも言わんばかりに、いつまでも爽良をまっすぐにとらえていた。

瞳孔《どうこう》が開き、白目は血走り、――この人は、もう生きていないと、爽良は直感する。

やがて、ふたたびベシャ、と不気味な音が響き、戸の向こう側に立つ何者かが、わずかに覗き窓から離れた。

乱れた髪に隠れて顔はよくわからないが、常夜灯に照らされてかすかに見えたのは、生成り色に縦縞《たてじま》が入った着物。

やはり、爽良に印をつけたのは池を漁《あさ》っていた男だったのだと、爽良は確信した。

それを裏付けるように、男の着物はぐっしょりと濡《ぬ》れて肌に張りつき、重さで肩まではだけている。ベシャ、という奇妙な音は、おそらく、濡れた着物を引きずって歩く音だ。

やがて、男はゆっくりと向きを変え、西側の廊下へ向けて足を踏み出す。

ベシャ、ベシャ、と、音がだんだん遠ざかり、やがてその姿はすっかり見えなくなった。

肩から力が抜け、爽良はフラフラと後退《あとずさ》って床にぺたんと座り込む。

心臓は、今もバクバクと激しい鼓動を鳴らしていた。

あの男はおそらく、印を付けた爽良を訪ねてきたのだろう。

不幸中の幸いだったのは、部屋の中にまで入ってこなかったこと。ふいに、管理人室にいれば安全だと話していた御堂の言葉が頭を過《よぎ》った。

別れ際に口にしていた「結界」がどう作用しているのかはわからないが、入れないことは確からしい。

しかし、それで気が楽になる程、爽良は単純ではなかった。

印を付けられた以上、あの男はこれからも爽良に付き纏《まと》うのだろう。紗枝のときのように、抱えているなんらかの無念が晴れるまでは。

とはいえ、男がどんな無念を抱えているかなんて、爽良にわかるはずがなかった。その上、さっきの恐怖が余韻を残していて、頭がまともに働かない。

もう気配はなかったけれど、玄関ホールを確認する勇気はなく、爽良は布団に潜り込んで無理やり目を閉じる。

そして、もう来ませんようにと切実に願った。

結局、爽良はほとんど眠れないまま朝を迎えた。

ただ、眠れない夜を過ごしたのは初めてのことではない。幼い頃から、おかしなものを視たり、追われたり、予知夢通りのことが起きてしまった日の夜は、怖くて眠れなかった。

鏡を見ると、目の下にはくっきりと隈《くま》が浮き出ていて、爽良はひとまずレンジで濡《ぬ》れタオルを蒸し、両目を覆う。

すっかり対処法が染み付いていることを虚《むな》しく思いながら、多少マシになったことを確認すると、支度を始めた。

今朝は御堂がおらず、やるべき仕事が多い。

まずはロンディの散歩だと、爽良は気合いを入れ直して戸を開ける。——しかし。

一歩踏み出した瞬間、スリッパ越しに異様な感触を覚えた。

込み上げる、嫌な予感。

おそるおそる足元に視線を落とすと、爽良の部屋の前には、濡れた泥が大量に広がっていた。

その粘土質な質感は、記憶に新しい。つい昨日、三〇五号室の前に落ちていたものと同じだ。

咄嗟《とっさ》に辺りを見回したけれど、男の気配はどこにもない。ただ、玄関ホールには泥だらけの足跡がいくつも残っていた。

それは、土間から爽良の部屋の前へと続き、さらに、西側の廊下へと向かっている。足跡と一緒に着物を引きずったような跡もあり、昨晩視た不気味な光景が頭に鮮明に蘇《よみがえ》った。

爽良は恐怖とショックで、しばらくその場に立ち尽くす。——すると。

「うわあ……！　すごいことになってる……！」

突如、上から聞いたことのない声が響いた。

見上げると、爽良と同年代くらいの女性が階段を下りながら苦笑いを浮かべていた。

爽良はポカンと女性を見つめる。いまだ会えていない住人はたくさんいるが、鳳銘館に若い女性はいないはずだ。

しかし、女性は慣れた様子で階段を下りると、楽しそうに駆け寄ってきて、爽良の顔をまじまじと見つめた。

その距離の近さに戸惑いつつ、間近で見た女性の可愛らしさに爽良は言葉を失う。

大きな目に、長い睫毛《まつげ》に、きゅっと上がった口角。顔は驚く程小さく、肌は陶器のように白い。

そんな場合ではないとわかっていながら、爽良は完全に見惚《みと》れてしまっていた。

すると、女性はようやく少し離れ、にっこりと笑う。

「聞いてた通りだね。怯《おび》えた子猫みたい」

「あの……」

「私？　私は兄の部屋に忘れ物したから取りに来たの。こっそり来て帰るつもりだったけど、すごいことになってるから思わず声かけちゃった」

「兄……？」

「うん。そんなことより、残った気配から察するに、これをやったのってあの着物の人だよね？　ずいぶん前からウロウロしてたけど、急に本気出してるじゃん」

「着物の人……って」

「いつもなにか捜してる人でしょ？」

「知ってるんですか……？」

まるで知り合いを語るような言い方に、爽良は驚く。

すると、女性はその人形のような見た目からは考えられないサバサバとした口調で、さらに言葉を続けた。

「よく見かけてたもの。近寄ったらすぐ逃げちゃうけど」

「あの……」

「あの人、これまではテキトーに捜してる感じだったけど、これを見る限り、今は切羽詰まってるっぽいね。早くなんとかしないと、巻き込まれちゃうんじゃない？……ってか、すでに印を付けられてるんだ……。もしかして、ちょっとどんくさい？」

鳳銘館の事情に詳しいことだけは伝わってくるが、この女性は質問する隙をまったく与えてくれない。結局、素性すら聞くことができないまま、女性は最後まで一方的に喋《しゃべ》ると、慌ただしく時計を見て爽良に手を振った。

「じゃあ、また近々来るからよろしく！」

「待っ……！」

ある意味予想通りというべきか、引き止めても女性は一切耳を貸さず、満面の笑みを浮かべてあくまでマイペースに玄関を出て行く。

　玄関の鍵《かぎ》は住人しか持っておらず、誰かの身内であることは間違いなさそうだが、結局はただ謎が増えただけだった。

　嵐の後のように静まり返った玄関ホールで、爽良はぼんやりと立ち尽くす。

　ただ、さっきの女性のお陰で、恐怖は少し曖昧《あいまい》になっていた。

　爽良は、ひとまず泥を片付けなければと、汚れたスリッパを脱ぎ階段下の用具入れからモップとバケツを取り出す。すると、そのとき。

「なに、これ」

　声が聞こえて振り返ると、礼央と目が合った。礼央は少し眠そうな目をこすりながら、惨状となった玄関ホールを呆然《ぼうぜん》と眺める。

「あ、これは……」

「例の男が来たの？　爽良の部屋に？」

「あ……うん。中には入らなかったけど、昨日の夜、戸の前まで……」

「気付かなかった。……ごめん。昨晩は込み入った仕事してたから、爆睡だった」

「どうして礼央が謝るの……」

　慌てて首を横に振ったものの、礼央は納得いかない様子で泥の前にしゃがんだ。そして躊躇《ためら》いなく泥に触れ、首をかしげる。

「ていうか、なにを捜してるんだろう」

その呟《つぶや》きに、爽良もふと考え込んだ。

確かに、なにかを捜していることに間違いなさそうだが、それがなにかはよくわからない。

「御堂さんに聞いてみようと思ってたけど、さっき会った女の人の口調だと、ずいぶん前から捜し続けてるみたいで。……だとしたら、御堂さんも知らないかも……。知ってたら、すでになんとかしてる気がするし……」

「いやその前に、女の人って誰」

「それが、初めて会った人。すぐ帰っちゃって、名前も聞けなかったの。でも、この霊のことを知ってるみたいだった」

「……なにそれ。ここって、部外者を呼ぶときは管理人に連絡が必要だって、契約書に書いてなかったっけ」

「そ、そうだっけ……」

「全然わけがわからないけど、今は一旦《いったん》置いとく。……ちょっと待ってて」

礼央はそう言うと、唐突に階段を上りはじめた。そして、戸惑う爽良に、チラリと視線を向ける。

「とりあえず、三〇五号室に声かけてみる」

「え、なら私も……」

「いい、どうせいない気がするし。先に掃除を始めてて」

礼央はどうやら手伝ってくれる気らしい。見るからに寝起きだというのに面倒そうな顔ひとつせず、むしろ積極的に三階へ向かって行く。

爽良はその間に、ひとまず泥だらけの足跡がどこまで続いているのか確かめるため、西側の廊下へ向かった。

すると、足跡は徐々に掠《かす》れながらも、廊下の突き当たりにある通用口まで続いていた。

通用口を出ればすぐに裏庭に行けるし、男はあの後、また池へ向かったのかもしれない。

そのとき、ふと頭を過《よぎ》ったのは、さっき会った女性の言葉。

彼女は、「これまではテキトーに捜してる感じだった」と、そして、「今は切羽詰まってるっぽい」と話していた。

あのときは勢いに圧倒され考える余裕がなかったけれど、ひとたび冷静になれば、それが少し引っかかる。

もし女性の言葉が事実なら、男には切羽詰まっている理由があるのかもしれない。

爽良は考えながら、ふたたび玄関ホールへ戻る。

すると、礼央はすでに戻ってきていて、バケツを手に掃除を始めていた。

「礼央……、私がやるから……！」

「いいって。てか、三〇五号室の長谷川さんはやっぱり留守だった。ついでに言えば、泥も落ちてなかったよ」

「そう、なんだ……」

やはりと肩を落とし、爽良もモップを手にして床の掃除を始める。

泥は昨日とは比べものにならない程に多く、爽良はバケツに集めた泥を外に捨てるため、玄関ホールと庭を二度も往復した。

ようやく捨て終えて戻ってくると礼央の姿はなく、もう部屋に戻ったのだろうかと思いながら、仕上げの雑巾掛《ぞうきんが》けをはじめる。

そして、着物の男のことを考えた。

初めて視たときの着物の男は、庭の植木の根のあたりを必死に捜していた。しかし、昨日から今日にかけては、ずいぶん池に執着している。どうやら、池に狙いを定めたらしい。

「池か……。私も捜してみようかな……」

つい零《こぼ》れるひとり言。しかし。

「なにを捜すかもわからないのに？」

ふいに質問で返され、爽良は思わず手を止めた。

声の方に目を向けると、いつの間にか階段で寝転んでいた礼央が、まだ眠そうな顔で手摺《てす》り越しに爽良を見下ろす。

「びっくりした……。いないと思ったらそんなところにいたんだね。仕事は大丈夫なの……？」

「うん」

礼央はあっさりと頷《うなず》くが、昨日は遅くまで込み入った仕事をしていたと聞いたばかりだ。

一緒に考えてくれるのは心強いけれど、忙しい礼央を巻き込みすぎるのは気が進まなかった。

「でも、もう大丈夫だよ。礼央が言う通り、なにを失くしたかも知らずに池を捜すのは無謀だと思うし、とりあえず御堂さんの帰りを待ってみる。……礼央、寝不足でしょ？夜型なんだから、もう少し寝てたら……？」

「全然眠くない」

「いや、全然って……」

目が半分しか開いていないのに即答する礼央がなんだか可愛くて、張り詰めていた気持ちがふっと緩む。

すると、礼央は少し驚いた様子で上半身を起こした。

「今、笑った？」

「え……？」

なぜだか、心がぎゅっと震えた。

「久しぶりに見た」

「そ、そう……、だっけ」

首をかしげながらも、爽良自身も自覚していた。表情が乏しいのは生まれつきだが、ここしばらくはバタバタしていたし、そんな余裕がなかったと。

御堂からも、笑ったところを一度も見ていないと言われたばかりだ。

珍しいものを見るような視線が気恥ずかしく、爽良は慌てて目を逸《そ》らす。

すると、礼央は立ち上がって階段を下り、爽良の前に立つとふいに髪に触れた。

「泥、付いてる」

「あ、ありがと……」

「あと、寝不足に関しては、爽良も人のこと言えないんじゃない」

「え？」

「寝てないでしょ。……その隈《くま》」

爽良は慌てて手のひらで目の下を覆う。蒸しタオルの応急処置では、どうやら思った程の効果が得られなかったらしい。

「嘘……、離れて見てもわかるくらい酷《ひど》いの……？」

「いや、よく見ないとわからない程度」

「そ、そう……」

「ねえ爽良」

ふいに顔を覗《のぞ》き込まれ、肩がビクッと震えた。過剰に反応してしまったことに戸惑いながら、爽良は無理やり平静を保って首をかしげる。——すると。

「今日の夜、爽良の部屋にいていい？」

言葉の意味を理解するまで、少し時間が必要だった。ポカンと見上げる爽良に、礼央はさらに言葉を続ける。

「印を付けた男が、また爽良の部屋に来るかもしれないから。俺も一緒に待ってる」

「あ……、そういう……、って、え……？」

おかしな意味でないことは十分わかっているものの、あまりに平然と言われると、逆に狼狽《うろた》えてしまう。

男の霊を待つということは、つまり朝まで一緒にいるという意味だろう。それは世間一般的に大丈夫なのだろうかと、他人事《ひとごと》のように考えている自分がいた。

変に意識をする間柄でもないが、だからといって、子供の頃の感覚のままでもいられない。しかし。

「駄目なの？」

さも不思議そうに尋ねられると、この人は特殊なのだと、普通の感覚で考えるのは無意味なのだと、自分を納得させる他なかった。

「いい、けど。……仕事は？」

「爽良の部屋でする」

「そ、そう」

爽良は動揺を隠して頷く。

すると、礼央はわずかに目を細め、すれ違いざまに爽良の肩をぽんと叩《たた》いて談話室の方へ向かった。

「あと、ロンディの散歩は俺が行く」

「え、いいよそんな……」

「少しは歩かないと、体がガチガチなんだ」

「待っ……」

　呼び止めたものの、礼央の姿はすでになかった。

　静かになった玄関ホールで、爽良はしばらくぼんやりと立ち尽くす。すると、突如玄関の扉が開き、わざとらしく声を潜めた笑い声が響いた。

　振り返ると、ニヤニヤと笑いながら、戸の隙間から中を覗き込む御堂と目が合う。

「御堂さん……、おかえりなさい」

「ただいま。……まさか鳳銘館で女の子からおかえりって言ってもらえる日が訪れるとは」

「そのセリフ、ちょっとおじさんっぽいです……」

「その上、こんなところで色恋沙汰《ざた》が繰り広げられるなんて。今日はなんだか玄関ホールがキラキラして見える……」

「………」

　どうやら礼央との会話を聞かれていたらしい。またからかわれるネタを提供してしまったと、爽良は慌てて別の話題を探した。

「さっきのは、御堂さんが想像してるような甘い話じゃないですから。そんなことより、昨日からいろんなことがあったんです……！　私、やっぱり印を付けられていて。昨晩も部屋の前まで来て……」

　爽良は耳にかかる髪を片手で束ね、御堂に痣《あざ》を見せる。

　すると、御堂は痣を確認し、小さく首をかしげた。

「あ、本当に付けられてる。……にしても、ずいぶん今さらだよなぁ」

「今さら……？」

「うん。前々からなにか捜してるなぁとは思ってたけど、比較的静かな霊だし、誰にも印を付けたことなんてなかったのに」

「……やっぱり、ここ最近で急に焦りはじめたってことですよね。……でも、どうしてそんな……」

「わかんないけど、なにかしらの理由はあるんだろうね」

「それって、たとえば……？」

「さあ」

　肩をすくめる御堂を見て、爽良はがっくりと肩を落とす。

　すると、御堂は笑いながら爽良の肩を叩いた。

「ってか、そもそもの話なんだけど、俺のような祓《はら》う側の人間っていうのは、どんな事情があろうが害があれば祓うし、なければ放っておくっていう単純な基準しか持ってないの。つまり、はなから深く立ち入る気がないんだ。あまり肩入れしすぎると、生きてる人間が最優先っていう大前提がブレちゃうからね。……ちなみに、庄之助さんは君と同じタイプだったけど」

「私と……？」

「そう。紗枝ちゃんの件である程度は察してるだろうけど、すぐ相手の事情に首を突っ込むタイプ。相手が死んでようが生きてようが、お構いなしに情をかけまくる人。だから、しょっちゅう印を付けられてたよ」

「そう、なんですね……」

「うん。……君はどうしたいの？　俺は探偵まがいなことをする気がないから、協力してほしいならさっさと祓うよ。けど、庄之助さんみたいに首を突っ込みたいなら、やってみればいいじゃん」

　正直、爽良は戸惑っていた。

　御堂が提示した選択肢にではなく、自然と庄之助と同じ方法を選ぼうとしている自分自身に。

　当たり前に霊が徘徊《はいかい》するこの鳳銘館で、御堂のようにドライな共存方法もあるのかもしれないが、祓うことのできない爽良は、違う方法での共存を選ばなければならない。なにかあるたび御堂に祓ってもらうのなら、ひたすら避け続けたこれまでと同じだ。

庄之助の後を引き受けたことを気負っているわけではないけれど、自分自身が自立して生きていく方法として、なにかひとつ持っていたいという気持ちがあった。

「……私、あの男の人がなにを捜してるのか気になります。……私にできることがあるなら、手助けしたい気持ちもあって。……怖いし、うまくいくかわからないですけど」

そう言うと、御堂はさも予想通りとばかりに笑う。

「了解。ただ、危険だって判断したときは、君がなんと言おうと祓うから。……ま、君には上原くんっていう心強いボディガードも一緒だし、大丈夫かな。それにしても、朝まで部屋に二人きりとか、やらし……」

「御堂さん……！」

慌てて睨《にら》むと、御堂は逃げるように階段を上っていく。爽良はその後ろ姿を目で追いながら、ふと、昨日からずっと聞こうと思っていたことを思い出した。

「あ、御堂さん……！」

「うん？」

「そもそもの発端は、三〇五号室の前に泥が落ちてたことなんです。だから、長谷川さんになにか関係があるんじゃないかと思っていて。……でも、ずっと留守なんです。いつ帰ってらっしゃるかご存知ですか？」

「あー……」

御堂は手摺《てす》り越しに身を乗り出し、少し考え込む。しかし。

「長谷川さんは入院中だよ」

御堂が口にしたのは、予想外な答えだった。

「入院……？　いつからですか？」

「わかんないくらいずっと前。重い持病があるらしくて、俺がここに住みはじめた頃からしょっちゅう入院してたよ。退院してもほとんど部屋に籠《こも》ってるから、俺もあまり話したことがないんだ」

御堂が鳳銘館に住み始めたのは、十年前だと聞いている。

その頃からほとんど部屋にいないとなると、長谷川と着物の男との関わりなんて、まったく想像できない。

「そうですか……。ありがとうございます」

爽良はひとまずお礼を言い、御堂を見送ると掃除を再開する。

そして、もし他の住人に会えたならそれとなく長谷川のことを聞いてみようと、その日はたびたび談話室に立ち寄るよう意識した。――ものの。

「――ロンディ……、ここって本当に人住んでる……？」

結局、夕方になっても、誰一人として住人に会うことができなかった。

玄関の靴箱を見る限り、ごく稀《まれ》に人が出入りした気配が残っているが、その現場に遭遇することはできず、爽良はもはや最終手段とばかりに、庭でロンディと遊びながら誰かが帰ってくるのを待ち構えていた。

「宅配便でも来れば部屋を訪ねる口実ができるのに……」

いくら管理人といえども、住人の部屋を訪ねる機会はほとんどない。

郵便物は玄関ホールのチェストに部屋ごとに仕分けして置いておくだけだし、そもそもそれが回収されることは滅多になく、中にはかなり溜《た》まっている部屋もある。

そもそも入居者が少なく、別に家を持つ住人もいると聞いてはいるが、こんなに会えないものかと重ね重ね疑問だった。

一方、ロンディは爽良の心境など知らぬとばかりに、ボールを投げて欲しいと嬉《うれ》しそうにせがみ、投げればあっという間に拾ってくる。

穏やかな顔とは裏腹に運動能力が高く、ときには爽良の投げたボールを追い越し空中でキャッチするという芸当を見せた。

「ロンディ、すごい……！」

愚痴の相手に選んだつもりが凄《すご》いものを見せられ、爽良は次第にロンディとのボール遊びに夢中になっていく。

やがて投げ疲れた爽良がぐったりとベンチに座ると、ロンディは隣に寝転び、ふわふわの頭を爽良の膝《ひざ》に預けた。

「甘えてる……」

犬と触れ合った経験の少ない爽良にとって、それは言葉にできない程の癒《いや》しだった。

ただ、こうして愛らしい仕草を見ると、ふと頭に浮かぶのはスワローのこと。

「兄弟なのに、スワローとは性格があまり似てないんだね」

撫《な》でながら呟《つぶや》くと、ロンディはスワローの名に反応してか、耳をぴくりと揺らして嬉しそうに爽良を見上げた。

スワローのことが大好きだと、その表情から伝わってくる。

「仲良しなんだね。なんとなく、スワローがお兄ちゃんっぽいな。あんなお兄ちゃんがいたら、心強いよね」

スワローに威嚇されると心臓が縮み上がる程に恐ろしいけれど、あんなふうにロンディを守る姿を想像すると、なんだか微笑ましくもある。

「……っていうか、ロンディたちって犬種はなんなんだろう。前にテレビで見た軍用犬のシェパードにちょっと似てるけど、シェパードに白い子っているのかな」

それは、ほんのひとり言のつもりだった。――けれど。

『……ホワイトスイスシェパード』

誰宛でもなかった疑問の答えが返ってくると同時に、背後から伝わる小さな気配。

その、人とは違う独特の気配に、爽良は覚えがあった。

恐る恐る振り返ると、ポプラの木に隠れてこっそりと爽良たちを見つめる紗枝の姿。

「紗枝ちゃん……」

心臓がドクンと激しく鼓動を打った。もう前程怖いとは思わないけれど、どうしても緊張してしまう。

一方、ロンディは紗枝を見てゆっくりと尻尾《しっぽ》を振った。

「仲良し、なの……？」

問いかけると、紗枝は控えめにこくりと頷《うなず》く。近寄りたそうにロンディを見つめる様子は、普通の子供とそう変わらない。

「あの……、こっちに来る……？」

思わずそう口にした爽良に、紗枝は少し戸惑っていた。まるで、自分が怖がられる存在であることを知っているかのように。

なんだか不憫《ふびん》に思えて、爽良はゆっくりと片手を差し出した。

「おいで……？　さっきの、もう一度教えて……？　ホワイト……なんだっけ」

問いかけると、紗枝はわずかに顔を上げ、そろそろと爽良に近寄ってくる。

『……ホワイト、スイス、シェパード』

「詳しいんだね」

『聞いた。庄之助、から』

たどたどしい話し方と呼び捨てに、爽良の緊張がふっと緩んだ。

爽良がベンチの端にずれると、紗枝はちょこんと座り、寄り添うロンディの頭を撫でる。

まさかこんな形で交流する日がくるなんてと、爽良はいまだに信じられない気持ちだった。

そのとき、紗枝がふと爽良を見上げる。

『白いシェパードは、処分されてた時代が、あるって。庄之助が、言ってた』

「処分……？　殺されてたってこと……？」

『白は、大人しくて、番犬に向かない、から』

「そんな身勝手な理由で……？」

紗枝は寂しそうな顔でこくりと頷いた。

残酷だが、どんな動物でも白い個体が特殊な扱いを受けるのはよく聞く話だ。現代では逆に希少だと特別扱いされることの方が多いけれど、時代によってはその逆も有り得なくはない。

「番犬に向いてると思うけどな。……とくに、スワローはちょっと怖いし」

ふとスワローの迫力を思い出してそう呟くと、紗枝がこくりと頷く。

『スワロー、怖い』

「……怖いよね」

意外なところで意気投合し、爽良は思わず笑った。

同時に、あまりに普通に会話が成り立っていることに、ただ驚いていた。

ついこの前までは鳳銘館もろとも燃やしてしまおうとしていたのに、怒りが収まった紗枝はまるで別人だ。

悲しみに支配され、苦しそうに恨みごとを繰り返していた頃を思うと、よかったと思わずにいられない。

　そして、あの一連の出来事は、自分にも可哀想な魂を救ってあげることができるのだと、これまで考えもしなかったことを知るキッカケになった。

「……だったら、あの人のことも救ってあげられるのかな」

　ふと零《こぼ》れるひとり言。

　そのとき頭に思い浮かべていたのは、男が捜し物をする必死な姿。

　見るからにかなり焦っているし、このままでは遠からず、以前の紗枝のような極端な行動に出る可能性もある。

　もしなにかしらの被害が出てしまえば、御堂は危険だと判断して躊躇《ためら》いなく祓《はら》ってしまうのだろう。

　生きている人間が最優先と言った、御堂を否定する気はない。けれど、もし手を差し延べることで紗枝のように苦しみから解放されるのならば、できることはしてあげたいという思いが、爽良の中でより強くなっていく。

　ついぼんやりと考えごとをしていた爽良は、ロンディに手を舐《な》められ我に返った。

　気付けば紗枝の姿はもうなく、ベンチには、星形の髪留めがぽつんと残されていた。

　それは、また来るというメッセージのように感じられ、爽良はそれをポケットに仕舞い立ち上がる。

「じゃあね、ロンディ。……スワローにも、よろしく」

結局住人と会うことはできなかったけれど、紗枝と話したことで、少しだけ、夜を迎える覚悟が固まっていた。

礼央は二十二時過ぎに爽良の部屋へやってきた。

妙な緊張感を持って出迎えた爽良とは違い、礼央はラフなスウェット姿でパソコンを抱え、部屋に入るとベッドを背もたれにして早速パソコンを開く。

「いないものと思っていいから。寝てていいし」

「あ、……うん」

そのあまりに平然とした態度に、爽良は密《ひそ》かに察していた。自分は礼央の中で、女性認定されていないのだと。

恋愛云々《うんぬん》がよくわからない爽良ですら、傍《はた》から見れば、これが御堂に誤解されてもおかしくない状況だということはわかる。

さしずめ、礼央にとっての爽良は、妹のような感覚なのだろう。

無駄に緊張してしまったことに脱力しつつ、爽良は心の奥の方で燻《くすぶ》りはじめた妙な感情に戸惑っていた。

不満なわけでも、かといって、ほっとしているわけでもない。

すべては予想の範疇《はんちゅう》でごく当たり前のことのはずなのに、なぜだか気持ちがざわざわしている。

「爽良」

「っ……」

そんなときに唐突に名を呼ばれ、爽良はビクッと肩を震わせた。

すると、礼央は部屋の端に積み上げてあった入居者名簿と日誌を指差す。

「あれ、なに？」

「ああ……、あれは庄之助さんがつけてた日誌……っていうより怪事件簿と、鳳銘館の入居者名簿だよ。最初の入居者から、記録が全部残ってるんだって」

「見ていい？」

「……いいけど」

礼央が興味を持つとは思わず、爽良は戸惑いながらも頷く。

すると、礼央はパソコンをパタンと閉じ、日誌と入居者名簿の山を引っ張り寄せると、一番上にあった日誌を手に取って早速開いた。

横から覗《のぞ》き込むと、だいぶ見慣れたはずの達筆な文字にたちまち目眩《めまい》を覚える。庄之助の文章は、寝不足の頭にはかなり辛《つら》い。

一方、礼央は眉《まゆ》ひとつ動かさずに淡々と文字を追う。

「これ、なにも知らない人が読んだら小説だと思うかもね」

「うん……」

「何本か映画が作れそう。これよりずっと陳腐な内容の映画、いくらでもあるし」

「…………」

「爽良？」

十分もしないうちに、爽良の眠気は限界を迎えた。深いところに沈んでいくような感覚を覚えながら、むしろよく持った方だと考えている自分がいた。

隣から伝わる礼央の気配が、余計に眠気を誘う。爽良はもはや抗《あらが》うこともせず、あっという間に意識を手放した。


「――爽良」

真夜中、礼央に呼ばれて目を覚ました。

薄目を開けて天井を見つめながら、いつの間にベッドに移動したのだろうとぼんやり考えていると、礼央が爽良の肩にそっと触れる。

「起きて」

「ん……」

まだ思考がハッキリしない中、そういえば礼央が一緒だったと、寝る前の記憶が少しずつ蘇《よみがえ》ってくる。

そして、ゆっくりと体を起こした瞬間、ふいに、強烈な違和感を覚えた。

「寒い……」

部屋の空気はキンと冷え、六月だというのに吐く息が白い。これは御堂が話していた霊障だと、――つまり、なにかが近くにいる証拠だと、一気に頭が覚醒《かくせい》した。

そして、張り詰めた空気の中、どこからともなく伝わってくる異様な気配。

全身が緊張で強張《こわば》り、息苦しさを覚える。

「礼央……」

「……来たね」

礼央の声も、心なしか緊張を帯びていた。――そして。

ベシャ、と、玄関ホールの方から聞き覚えのある音が響く。

それは、記憶に新しい、男が濡《ぬ》れた着物を引きずりながら歩く音だ。今日もまた、池で泥にまみれ、なにかを捜していたのだろう。

自分にできることがあるならしてあげたいと、紗枝と話しながら生まれた気持ちに嘘はない。けれど、いざ男の気配が迫ると、恐怖で身動きが取れなかった。

不気味な足音は、ベシャ、ベシャ、と、少しずつ爽良の部屋の前に迫る。

部屋の中に入れないことは昨晩証明されているが、それで安心できる程、爽良には経験値も余裕もない。――そのとき。

『――まに……ない』

戸の向こう側から、低い声が聞こえた。しかしはっきりと聞き取れず、爽良は礼央と顔を見合わせる。

「なにか、言ってる……」

「……すごく苦しそう」

礼央が零した感想に、爽良は共感した。確かに、男の声は苦痛にまみれていて、伝わってくる気配も昨日とは比べ物にならないくらいに重い。——そして、そのとき。

『まに、あわ……ない』

今度は、はっきりと響いた。

「間に合わない……？」

同時に、戸にガリガリと爪を立てる音が響く。

男は、明らかに昨日よりも焦っていた。いずれ侵入してくるのではないかと、次第に不安が広がっていく。

そのとき、ふいに礼央が爽良の腕を掴《つか》んだ。

「爽良、これ」

振り返ると、礼央は入居者名簿を開いていて、ずいぶん古いページの一箇所を指差している。

「そんな場合じゃ……」

「起きたら見せようと思ってた。多分重要だから、見て」

戸に爪を立てる音が響く中、爽良は礼央の真剣な視線に促され、戸惑いながらも入居者名簿に視線を落とした。

開かれていたのは、三〇六号室の項目。ただ、日付は二十年以上前のものだ。

爽良はわけがわからないまま、そこに記された名前を確認し、――目を見開く。

「長谷川、吉郎《よしろう》……？」

そこにあったのは、三〇五号室の長谷川道郎とよく似た名前。咄嗟《とっさ》に三〇五号室のページを開いて比較してみると、二人の生年月日は同じだった。

「双子だね。当時は隣同士に住んでたみたい。……爽良、次はこっちを」

礼央が次に開いて見せたのは、当時の日誌。なんとなく嫌な予感を覚えながら、爽良は開かれたページに綴《つづ》られた文字を目で追う。

すると、そこに残されていたのは、「長谷川吉郎殿、持病の発作により永眠」というたったの一行。

他のページには、起こった出来事の詳細が驚く程細かく記されているのに、そのページだけは真っ白だった。まるで、喪失感を表すかのように。

「吉郎さんは二十年前に亡くなってるんだ……」

「名簿を読んだけど、心臓が弱かったみたい。当時はまだ五十代だから、ずいぶん早い」

「二人とも病弱だったんだね……」

そのとき、ふいに爽良の頭にひとつの可能性が過《よぎ》る。

「……もしかして、捜し物をしてるのは吉郎さん……？」

それは、疑問形でありながらも確信に満ちた推測だった。

根拠は、三〇五号室の前に落ちていた泥。道郎が住む部屋に、本人以外で執着を持つ者がいるとするなら、隣同士に住むくらい仲が良かった吉郎だけではないかと爽良は考えていた。

すると、礼央も静かに頷《うなず》く。

「名簿を見る限り、二人とも独身で身内もいない。俺もそんな気がしたから、見てもらった」

「でも、どうして……」

「ごめん。名簿と日誌で推測できるのは、ここまで。目的はまったくわからない」

「謝るのはおかしいよ……。ありがとう、礼央……」

少しの時間でここまで紐解《ひもと》いた礼央に、爽良は正直驚いていた。筆文字はただでさえ読み辛いのに、二十年前の記録となると紙の劣化も酷《ひど》い。

礼央が一緒にいてくれてよかったと、爽良は心からそう思った。

ただ、礼央に頼ってばかりはいられない。礼央のお陰で霊の正体に察しがつき、爽良は密《ひそ》かに覚悟を決めていた。

「聞いたら、答えてくれるのかな……」

「……まさか、本人に？」

爽良が思い付いたのは、吉郎から直接話を聞くという方法。

紗枝のときのように、会話で解決できることがあるのではないかと爽良は考えていた。

しかし、礼央は首を縦に振らず、爽良をまっすぐに見つめる。

「この気配のやばさ、わかんない？」

「………」

礼央が言いたいことは、もちろんわかっていた。

戸の向こう側から伝わってくる気配は、冷たく、暗く、そして禍々《まがまが》しい。これまでに経験がない程の霊障の強さからも、危険であることは十分にわかっていた。――けれど。

「でも……、それ以外に、知る方法がないから……」

「爽良」

「どうせ首に印を付けられてるんだし、今逃げたっていずれ……」

「……御堂さんに祓《はら》ってもらえばいい」

心臓が、ドクンと揺れる。

礼央が口にしたのは、おそらくもっとも確実で、普通なら一番に取るべき方法だった。印を付けられて訪ねて来られ、しかも今日の気配はひときわ不穏で、いつ危険な目に遭ってもおかしくない状況なのだから、御堂が祓う基準をとうに満たしている。

ただ、爽良はその選択肢を頭の片隅に持っていながら、選べないでいた。

「祓うって、どういうことなんだろう……」

ふと、ずっと抱えていた疑問を口にすると、礼央が瞳《ひとみ》を揺らした。

御堂の説明を理解するのは難しかったけれど、唯一わかるのは、祓えばここからいなくなってしまうという単純なこと。

危険な霊なら、もちろんそれに越したことはない。ただ、爽良の心の中では、怖くて逃げてしまいたい気持ちと一緒に、紗枝が嬉《うれ》しそうにロンディを撫《な》でる光景が同居していた。

もし、紗枝のときに御堂が祓うことを選んでいたなら、あの光景を見ることは永遠になかっただろう。

「私、よくわかってないけど……、祓えばきっと、悲しみも苦しみも無念も晴らせないまま、ただ消えちゃうんだよね……？」

「それがなに？」

「わかんない。……自分でもよくわかんないけど、……なにかを叶《かな》えてあげることで気持ちが穏やかになるなら、そっちの方がいいんじゃないかって……」

そのとき、ガタンと戸が揺れた。

戸を引っ掻《か》く音はさらに強くなり、爽良の恐怖を煽《あお》る。

「あの霊に話が通じると思ってる？」

「それは……」

「無理でしょ。それに俺、霊との話し合いに同席するためにここにいるわけじゃない」

礼央がそう言うのは無理もなかった。

霊が持つ事情を気に留めたこともなかった少し前の爽良なら、この局面で会話をするなんて考えもせず、ただ関わりたくないと、消えてほしいと必死に願っていたはずだ。

けれど、言葉が通じることを知ってしまった今は、ただ排除を望むような極端な考え方ができなくなっている。

「でも……、目的を聞くだけなら……、この部屋は安全みたいだし、中から話しかけるだけだったら……」

「変に情をかけて、今以上に執着されたらどうするの」

反論の余地のない正論に、爽良は口を噤《つぐ》んだ。確かに、霊と会話を試みるなんて、なにが起こっても不思議ではない。

次第に、礼央が心配するのは当然だと、やはり別の方法を考えるべきかもしれないと考えはじめる。――しかし。

ふいに、礼央が小さく溜《た》め息をついた。

「爽良はズレてるよね、昔から」

「え……？」

「なにもこんな意味わかんない奴を相手に、いきなりコミュ力を覚醒《かくせい》させることないのに」

礼央の表情から、さっきまでの鋭さが消えていた。

ポカンと見つめると、礼央は肩をすくめる。

「……もし危なかったら、今度こそ有無を言わさず除霊してもらう。それでいい？」

「あの……、礼央……」

「いいなら、爽良が思うようにやってみれば」

折れてくれたのだと、爽良はようやく理解していた。

ただ、酷く困らせてしまっていることが心苦しく、なかなか返事をすることができなかった。

しかし、礼央はそんな気持ちすら見透かすかのように、爽良の頭にそっと触れる。

「さっきはああ言ったけど、なにもかも反対しようと思ってここにいるわけでもないから。なにか思うことがあって鳳銘館を継ぐことを決めたんだろうし、だから、ここでは爽良の意思を優先するべきだって思い直した」

「礼央……」

「残念ながら俺には除霊なんてできないし、守るにも限界があるからつい保守的になる。でも、そんな調子じゃ爽良が求める本質には触れられないんだよね」

感情任せの相手を前にして、なんて思慮深いのだろうと爽良は思う。

ただ、まるで自己否定をしているような言葉が辛《つら》く、爽良は咄嗟《とっさ》に礼央の手を取った。

「でも、私が普通に生きてこられたのは、礼央がずっと冷静で、保守的でいてくれたからだよ……？」

衝動的に口にした言葉で、礼央の瞳がかすかに揺れる。

普段ならとても言えない照れ臭いセリフがサラリと出たことに、自分自身が一番驚いていた。

けれど、口にした言葉に嘘はなかった。むしろ、爽良にとっては足りないくらいだった。礼央がいなければ越えられなかったことが、いくつも思い当たる。

「いつもありがとう、礼央。……私、やってみる」

「危ないと思ったらすぐ退《ひ》いて」

「うん」

力強く頷き、爽良は立ち上がって玄関ホールへ続く戸の前に立った。

戸の向こう側から、焦りと苦しみにまみれた冷たい気配が伝わってくる。空気が段違いに冷たく、たちまち指先の感覚が失われた。——そして。

「……長谷川、吉郎さん……、ですか」

震える声で名を呼んだ瞬間、空気がピリッと張り詰める。同時に、ガリッと戸に爪を立てる音がひときわ大きく響いた。

問いに対する返事はないが、その大きな反応から爽良はそれを肯定と取る。

『まに、……わ、ない』

大きく響き渡る、吉郎の声。

振動で窓ガラスがビリビリと揺れ、爽良は込み上げる恐怖を必死に抑えた。

「吉郎さんが捜してるものは、なんですか……？」

『……もう、すぐ。……もうすぐ』

「もうすぐ……？」

『まに、あわ……』

会話は嚙《か》み合わない。ただ、紗枝のときも最初はそうだったはずだと、爽良はさらに声をかける。

「間に合わないって、なんのこと……？」

『もう、すぐ……、――ろう、が』

「ろう……？　道郎さんのことですか……？」

そのとき。――明らかに、吉郎の気配が変わった。

空気がずっしりと重くなり、体にまとわりついてうまく身動きが取れない。

爽良の鼓動がさらに速くなり、全身の毛穴が一気に粟立《あわだ》った。まるで体全体が警告を発しているようで、強い焦りを覚える。

「爽良……、こっちに」

名を呼ばれて振り返ると、礼央は苦しそうに頭を抱え、爽良に向けて手を差し出した。

おそらく礼央も、急に強さを増した霊障の影響を受けているのだろう。

今はこれ以上深入りすべきでないと、爽良自身も察していた。ただ、礼央の手を取りたくても、腕が鉛のように重く伸ばすことができない。

ただ立っていることすら辛く、爽良はその場にがっくりと膝《ひざ》をついた。そして、反射的に戸に手をついた、瞬間。

キィ、と、戸がわずかに開いた。

「なん……」

頭の中が真っ白になった。

戸の施錠は何度も確認しているし、絶対に開くはずがない。

なのに、隙間から漂う強い泥の臭いが、これは現実だと爽良に突きつけてくる。

支えを失った爽良は、無抵抗に玄関ホールへ向かって倒れた。かろうじて手を突いたものの、触れたのは氷のように冷たい泥。

そして、暗くぼんやりした視界の中、すぐ先に見えたのは、——泥で汚れた着物の裾《すそ》。

込み上げる恐怖に、悲鳴すらあげることができなかった。

やはり会話なんて無謀だったのだと、なぜ自分にできると思ってしまったのだろうと、後悔が次々と押し寄せてくる。

全身がガタガタと震えはじめ、呼吸もままならない。逃げようにも、泥に埋もれた両腕は、まるで凍ってしまったかのようにビクともしない。

『……く、ろう……の』

間近で響く、吉郎の声。

近すぎる気配に全身が震え、爽良はおそるおそる顔を上げた——瞬間。

爽良の視線は、ほんの数センチ先から向けられた空虚な目にとらえられた。

瞳孔《どうこう》が開き、虹彩《こうさい》は澱《よど》み、白目に黒い血管がびっしりと走るその目からは、強い焦りと深い悲しみが伝わってくる。

爽良はまるで催眠術をかけられたかのように、逸《そ》らすこともできず、その目を呆然《ぼうぜん》と見つめていた。

やがて、吉郎は震える手で爽良の腕を掴《つか》み、ぐるりと向きを変え、西側の廊下へ向かって移動を始める。

抵抗はままならず、爽良はされるがままに床を引きずられた。

「れ……」

礼央の名を呼んだつもりが、声にならなかった。それでも礼央を求めて背後に視線を向けたものの、その瞬間、バタンと音を立てて爽良の部屋の戸が閉まる。

唯一の頼りを失い、心の中をたちまち絶望が支配した。

それでも、ベシャ、ベシャ、と、気味の悪い足音が止まることはない。

これからなにが起こるのか、吉郎が爽良をどうする気なのかはわからないけれど、どこへ向かっているかだけは明確だった。

そして、吉郎が足を止めたのは、西の廊下の一番奥にある庭へ繋《つな》がる通用口の前。

「放……して……」

なんとか声を絞り出したものの、掠《かす》れて弱々しく、吉郎からは反応がなかった。

やがて通用口がスッと開き、外の空気がふわりと爽良の頬を撫《な》でる。緊迫した空気の中、聞こえてくるのは虫の鳴き声だけ。

吉郎は通用口を出ると、爽良の腕を摑んだまま、池の方へ向かってふたたび歩きはじめた。

「吉郎、さん……、待っ……て、ください……」

聞き入れられないとわかっていながら、爽良は必死に訴える。

見上げれば、ただまっすぐに前だけを見つめる吉郎の顔が見えた。

なにを考えているのか、爽良になにを望んでいるのか、その表情からはまったく読み取れない。

爽良は土の上を乱暴に引きずられながら、次第に抵抗する気力を失いはじめていた。

やがて、湿った臭いが鼻を掠めると同時に吉郎は足を止める。その瞬間、不自然なくらいに辺りがしんと静まり返った。

ゆっくりと視線を上げると、目の前には池。

吉郎は縁に立ち、ただじっと池を見つめている。

「ここに……、なにが、あるんですか……？」

相変わらず返事はない。ただ、寒さと身体中に走る痛みのせいか、恐怖は少し曖昧《あいまい》になっていた。

「なにを……、失くしたの……？」

爽良は問いかけながら、これまでに視てきた吉郎の様子を順に思い浮かべる。

最初に見かけたのは、玄関の前。今思えば、あのときは爽良の問いかけに一応反応していたし、まだ余裕があったように思う。

明らかに様子が違っていたのは、池で見かけたときのことだ。それ以降、吉郎の様子は短い期間で驚く程に焦燥感を増した。

ずっと引っかかっているのは、「間に合わない」という言葉。

「あなたは、なにに間に合わせたいん、ですか……？」

無言の吉郎を見上げ、爽良はさらに尋ねた。

「なにが、起こるの……？」

そのとき。――ふいに、強烈な違和感を覚える。

なにに間に合わせたいのか、なにが起こるのかと自分自身が繰り返した疑問が、唐突に不自然に感じられた。

吉郎は、亡くなってから約二十年もの間彷徨《さまよ》い続けている。御堂や今朝会った女性の口調からして、その途方もない時間、ずっとなにかを捜し続けていたのだろう。

同じことをいつまでも繰り返し続けるのは、成仏できない霊たちのひとつの特徴とも言える。爽良が幼い頃から視てきた霊たちも皆そうだったし、おそらく時間の観念などないのだろう。

一方、生きている人間ならば、どんなに執着があったとしてもそこまではできない。人生には限りが、――命には期限があるからだ。

「もしかして……、吉郎さんの捜し物の持ち主は……、まだ、生きてるんですか……？」

期限があるということは、そういうことではないかと。

思いついた仮説を口にした瞬間、吉郎の目がグルンと大きく動いた。

眼球だけが爽良を見下ろし、恐怖で爽良の全身が硬直する。

辺りの空気が張り詰め、心臓がバクバクと激しい鼓動を打った。ただ、そんな中でも、どうやら当たっているらしいと、冷静に考えている自分がいた。

だとすれば、吉郎が執着する相手として思い当たるのは一人しかいない。

「道郎さんの……、物ですか……？」

そのとき、――突如、吉郎が池の中へ向かって足を踏み出した。

考える隙も与えられないまま、爽良の目の前に水面が迫る。

落ちる、と。

固く目を閉じると同時に大きな水音が響き、全身を刺すような冷たさが走った。爽良の意識は、あっという間に遠退《とおの》いていく。――しかし。

深い水の底へどんどん沈んでいくような感覚を覚えながら、意識はギリギリで繋がっていた。

ただ、息苦しくもなければ、冷たくもない。そもそも、裏庭の池がこんなに深いはずがなく、やはりこれは夢だと、爽良は不思議な心地に身を任せた。

しかし、そのとき。

「――も……いよ、……にするな……」

遠くから聞こえる、誰かの声。

薄く目を開けると、暗闇の中、ずっと遠くになにかがぼんやりと浮かび上がった。

目をこらすと、ゆらゆらと動く小さな赤いものが見える。

――金魚……？

それは、まるで池の底から水面を見上げているような光景だった。金魚はチョロチョロと動き回り、ときどき円形に波紋が広がっていく。

その絵画のように美しい風景に、爽良はぼんやりと見惚《みと》れていた。――すると。

「……そうい……には、いかな……！」

ふたたび、声が聞こえた。さっきと似た声だけれど、今度はなんだか語調が強い。

同時に体がふわりと軽くなり、爽良の体は水面へ向かってゆっくりと浮かぶ。

やがて、水面越しに見えたのは、池の縁に立つ二人の男。片方は、生成り色に細い縦《たて》縞《じま》が入った着物を纏《まと》っていた。

――吉郎さん……。

すぐにその名が浮かんだものの、吉郎と思われる人物は、これまで視てきたどの姿ともまったく違っている。

着物を乱れなく着こなし、藍色《あいいろ》の羽織を羽織った立ち姿はとても上品で、その目には強い光が宿っていた。

これは吉郎の生前の姿だと、爽良は直感する。

そして、まるで映像を見せられているようなこの感覚に、爽良は覚えがあった。

というのも、少し前に紗枝との会話を試みたときにも、似たようなことを経験している。あのときは、ぼんやりした意識の中に庄之助が現れ、優しく語りかけられるという紗枝しか持たないはずの記憶を見た。

もしこれが紗枝のときと同じ現象なら、ここは、おそらく吉郎の意識の中。だとすると、吉郎は爽良になにかを伝えるため、この記憶を見せている可能性がある。

なんの手応《てごた》えもないと、ただの一方通行だと思い込んでいた吉郎への問いかけは、きちんと届いていたのだと爽良は確信した。

ふいに、胸がぎゅっと締め付けられる。

同時に、心の中には使命感に近い感情が広がっていた。もし、吉郎が爽良の手助けを必要としているのならば、ここで見たものを通じて、必ずなにかを受け取らなければならない、と。

爽良は黙って二人の光景を見つめる。

すると、吉郎は突如羽織を脱ぎ捨て、着物の裾《すそ》をたくし上げると、池の中に足を踏み入れた。

隣に立っていた、吉郎と同じ顔をした男――おそらく道郎が、慌てた様子で吉郎の腕を摑《つか》む。

「吉郎、もういいからやめてくれ。こんな時期に池に入るなんて、体を悪くしたらどうする。お前だって体が弱いんだから」

　しかし吉郎は聞く耳を持たず、摑まれた手を振りほどくと、躊躇《ためら》いなく池の中に手を突っ込んだ。

「兄さんがよくても、俺がよくない。あれは死んだ親父が遺《のこ》した大切なものだ。あれがないと、……あの世で親父に会えないかもしれない。俺が失くしたんだから、俺が責任持って捜す」

　会話から事情すべてを理解するのは難しいけれど、どうやら吉郎は、父親の遺品を失くしてしまったらしい。吉郎はかなり責任を感じているようで、会話しながらも必死に手を動かしていた。

「そんなに気にする必要はない。……それに、池はもう何度も捜したろう」

「……だが、他も何度も捜した。やっぱり池に落としたとしか思えない」

「吉郎、頼むからそう焦らないでくれ。……大丈夫だ、俺はまだ死にはしないから」

「当たり前だろう……！　頼むから、不吉なことを口にするな……」

「なら、急ぐ必要なんてない。……どうしても捜すと言うのなら、俺が死ぬときまでに見つけてくれればいいから。どうか無茶をせず、ゆっくり捜してくれないか……？」

「兄さん……」

　道郎が「俺が死ぬときまで」という期限を口にしたとき、爽良は、道郎は入院中だと言った御堂の言葉を思い出していた。

——吉郎さんが焦っている理由は、まさか……。

おそらく、期限が迫っているのだと、そして、吉郎はそれを察しているのだと、爽良は確信を持つ。

やがて、吉郎は池から上がり、ずぶ濡《ぬ》れのまま池の縁に座り込んだ。道郎はその背中に羽織をかけてやりながら、困ったように笑う。

「お前は昔から行動が極端で心配だよ。……親父にそっくりだ」

「そういえば、双子なのに俺たちの性格は似なかったな。……兄さんは、優しすぎる」

木々に囲まれた美しい風景の中、二人の会話が穏やかに響いた。醸し出す空気から強い絆《きずな》が伝わってくるようで、爽良は微笑ましい気持ちでそれを見守る。——しかし、そのとき。

突如、吉郎が胸を押さえて苦しそうにうずくまった。

「吉郎……？　吉郎、どうした……？」

道郎が慌てて背中を摩《さす》るが、吉郎は一向に顔を上げず、苦しそうに背中を丸めて地面に爪を立てる。

「誰か……！　誰か救急車を……！　頼む、誰か——」

道郎の悲痛な叫び声が、辺りに何度も響いた。

同時に、爽良の視界が次第に曖昧《あいまい》になっていく。

意識が途切れる寸前、爽良は、古い日誌に記された吉郎の最期のことを思い浮かべていた。

吉郎の死因は、持病の発作。

もしかすると、吉郎にとってこのとき池に入ったのは自殺行為だったのかもしれない。

つまり、吉郎が失くしてしまったものは、そこまで無理をしてでも見つけたかった、重要なものなのだろう。

――私が、見つけなきゃ……。

爽良は心の中でそう誓い、ゆっくりと意識を手放した。


「爽良……！」

意識を戻した瞬間、最初に視界に入ったのは、心配そうに見下ろす礼央の顔。

状況を把握するより先に、あまりの寒さに爽良は混乱した。

震えが止まらなくなり、慌てて起き上がって膝《ひざ》を抱えると、両手からぐっしょりと濡れた洋服の感触が伝わる。

「わ、私、なんで……」

わけがわからず礼央を見上げると、礼央は自分の上着を爽良にかけながら、険しい表情を浮かべた。

「爽良が連れ去られた後、戸が開かなくなって、窓割って出てきた。池に来たら爽良が池の中でなにかを必死に捜してて、今無理やり引っぱり上げたところ」

「私が、池の中を……？」

「やっぱ記憶ないんだ。……どうりで変だと思った」

「私、吉郎さんたちの過去を……」

「待って。後で聞く」

礼央はそう言うと、爽良の体を横抱きにして立ち上がった。

「ちょっと待……！　礼央……！」

まさかのことに驚きパニックを起こす爽良を他所《よそ》に、礼央は池に背を向ける。

「風邪ひくから、とりあえず風呂場《ふろば》に連れてく。話はその後」

そう言って、爽良を抱えたまま歩きはじめた。

動揺している間にみるみる池が遠ざかり、爽良はふいに吉郎たちの記憶を思い出す。

「れ、礼央戻って、お願い……！」

「なんで」

「早く捜さなきゃ……、道郎さんには時間がないの……！」

「どうでもいいよ、そんな奴らのことなんか」

「礼央……？」

礼央の声は、聞いたことがないくらいに冷ややかだった。

爽良は驚き、言葉を失う。

すると、爽良を抱える礼央の腕に、ぎゅっと力が入った。

「一歩間違えたら、爽良が溺《おぼ》れ死んでる。やっぱり、さっさと祓《はら》ってもらうべきだったんだ」

苦しそうに呟《つぶや》く声を聞き、爽良はどれだけ心配かけたかを痛感していた。

礼央は戸が閉まった後、ガラスを割ってまで追いかけてくれたと言っていたし、普段の冷静な礼央からそんな姿は想像できない。

爽良はなにも言えず、礼央を見つめる。いつもならすぐに重なるはずの視線が一方通行で、胸が苦しくなった。――すると、そのとき。

「――やっぱ危険だったか。俺も上原くんと同意見」

突如響いた、御堂の声。

視線を向けると、いつも通り余裕の笑みを浮かべた御堂が、ちょうど池へと向かってくるところだった。

「御堂さん……」

「やな気配がするなぁと思って、窓から下を覗《のぞ》いてみたら大変なことになってるし、もう潮時だなってね」

「潮時……？」

聞き返しながら、爽良は嫌な予感を覚えていた。

すると、御堂はポケットから小さな藁《わら》人形を取り出す。

それを見た瞬間、爽良の心臓が、ドクンと大きく鼓動を打った。

「危害を加えはじめたら、もうアウトでしょ。どんな事情があったとしても、人の命にはかえられないから」

　御堂は吉郎を祓う気なのだと察した瞬間、爽良は礼央の腕から抜け出そうと、咄嗟《とっさ》に足をばたつかせる。

「礼央下ろして……！　お願い！」

「爽良、危ないから暴れないで」

「御堂さん、ちょっと待ってください……！」

「止めても駄目だよ。危険だと思ったら祓うって言ったじゃん。これでも俺にしては待った方だし」

「お願いですから！　もう少しだけ……！」

「駄目だって。これは庄之助さんとの間で守り続けた契約でもあるから」

「今のオーナーは、私です……！」

　自分で思うよりも大きな声が出て、爽良自身が一番驚いていた。

　けれど、吉郎たちの過去の記憶を思い出すと、どうしても止めずにはいられなかった。

　御堂は少し驚いた様子で、肩をすくめる。

「それは……、まあ、確かにそうだね。庄之助さんとの契約はもう無効かも」

　御堂が足を止め、爽良はひとまずほっと息をついた。しかし、御堂はいつになく真剣な表情を浮かべる。

「でも、どうする気？」

「……見つけます」

「どうやって？」

「わからないけど、道郎さんが亡くなる前に、失くした物を絶対に見つけなきゃいけないんです……。お願い、手伝ってください……！」

　今まさに祓う話をしていた御堂に頼むのはおかしいと、爽良もわかっていた。

　案の定、御堂はポカンと爽良を見つめる。――しかし。

「ってか、道郎さんって三〇五号室の長谷川さんのこと？　亡くなるってどういうこと？」

　道郎のことが引っかかったらしく、御堂は不安げに瞳《ひとみ》を揺らした。

「よく、わからないけど……。弟の吉郎さんは、道郎さんが亡くなる日までに失くした物を、――お父さんの遺品を見つけるって約束をしたまま亡くなったみたいです。でも、死んだ後もずっと捜していて……、ここ最近すごく焦ってたのは、多分、道郎さんの死期が近いからだと思うんです……！」

「……すごいな。そんなことまでわかんの？」

「お願いです……、礼央もお願い、手伝って……、じゃなきゃ、あまりにも……」

　あまりにも悲しすぎると、吉郎と道郎の優しい絆《きずな》を思い胸が詰まった。

「……そんな顔されるとなぁ」

　御堂が困ったように溜《た》め息をつき、爽良の頭に手を伸ばす。

　しかし、礼央はそれを避けるように一歩下がると、爽良をそっと下ろした。

「触んないで」

「うわ……、機嫌が悪すぎる……。二人の夜を邪魔したのは俺じゃないのに」

「くだらない。……じゃあ、急ごう。爽良が風邪ひく」

「過保護……」

　どうやら、二人とも爽良の言葉を聞き入れてくれたらしい。爽良はほっと息をつき、ふたたび池へ向かう。

「二人とも、ありがとうございます……」

「もういいから、とりあえず遺品ってなに？」

「それが、よくわからなくて……。池に落とした可能性が高いっていう会話は聞いたんですけど……」

「ほぼノーヒントじゃん」

　御堂が溜め息をついた。

　爽良自身も、無謀だとわかっていた。礼央も部屋で言っていたように、なにを見つければいいのかわからないなんて普通は捜しようがない。

「はい……。それに、吉郎さんが二十年も捜して見つけられなかったものだから……、簡単じゃないってわかってるんですけど、どうしても……」

口にすると、難易度の高さをさらに実感する。――しかし。

「いや……、それに関しては大丈夫」

御堂は爽良の懸念をあっさりと否定した。そして。

「ひと言で霊っていってもいろいろ種類があって。吉郎さんの霊は、おそらく魂そのものじゃなく無念だけが切り離されたものだと思う。行動が単純な霊は、だいたいそうだから。……念だけが残るって、本当に悲しいことでね、自力じゃなんにもできないんだよ」

「どういうことですか……？」

御堂が口にしたのは、爽良には少し難しい話だった。

すると、御堂は藁人形から藁を一本抜き取って見せる。

「この藁人形が魂だとしたら、無念はこのたったの一本。他にもいろんな念が集まったものを魂と呼ぶんだけど、……まぁ細かい話はいいとして、吉郎さんの場合は、この無念だけがこの世にとどまってしまった状態。魂ごと残ったならまだしも、念にできることは限られる。なにせ、念はほとんど思考を持たず、ただの執着だけで動いてるようなものだからね。物捜しなんてまず無理だ」

「でも、必死に捜してますよね……？」

「傍《はた》から見ればそうなんだけど、あれは生前の記憶をただ繰り返してるだけ。永遠に見つかることはないし、執着は強まる一方」

「そんな……」

無念とは、なんて残酷なのだろうと爽良は思う。

どうすることもできないのにただ彷徨《さまよ》い、ひたすら苦しみ続けるなんて、あまりにも哀しい。

「とはいえ、念も魂の一部だから、近くにある魂には反応する。とくに、視える人間には敏感で、手助けしてほしくて付き纏《まと》うこともある。ときには今日みたいに強引な手段に出ることもあるし」

「つまり、吉郎さんが私に付き纏ってここまで連れて来たのも、助けてほしかったからですよね……？」

「そういうこと。そんなの、いつもなら即祓うレベルで危険だけど。……ま、庄之助さんもすぐ手を貸す人だったからね。危ないって言っても全然聞かなかったよ、今日の君みたいに」

爽良は御堂の話を聞きながら、やはり自分は庄之助の孫なのだと、初めて強く実感していた。今の爽良には、霊に優しく接していた庄之助の気持ちが少しわかる。

すると、御堂はそんな爽良の心境を見透かすかのように、大袈裟《おおげさ》に溜め息をついた。

「君は、庄之助さんのああいう面倒な性分を濃く受け継いでるみたいだから、これからも苦労が多そうだわ」

「……多分、苦労をかけると思います」

「認めちゃうんだ」

「御堂さん、……つまり、吉郎さんに見つけることができない捜し物を、私には見つけられるってことですよね……？」

　そのときの爽良は、強い衝動に駆られていた。返事も待たずに池に足を踏み入れようとした瞬間、礼央から腕を摑《つか》まれる。

「なん……」

「俺がやる」

　礼央はそう言うと、早速袖《そで》を捲《まく》りあげた。爽良は慌ててそれを止める。

「どうして礼央が……！　そんな無茶しないで……！」

「どの口が言ってんの」

「でも首を突っ込んだのは私だから……！」

「ちょっと邪魔だから離れて」

「――ねえ、いい方法あるけど」

　突如会話を遮ったのは、御堂。

　二人が同時に視線を向けると、御堂はニヤニヤと笑った。

「すぐイチャイチャしはじめるからなぁ、君ら。……ってか、うちには捜し物が得意な子、いるよ？」

　その瞬間、御堂の足元にスワローがふわりと姿を現した。

スワローは爽良に向かって不満げにフンと鼻を鳴らし、池の周囲をぐるりと歩きはじめる。

「スワローが捜してくれるんですか……？」

「この子は鼻が利くし、魂はもちろん念にも敏感。いつも警戒してるぶん吉郎さんの匂いをよく知ってるよ」

その言葉の通り、スワローは早速池の周囲を歩きながらしきりにクンクンと鼻を動かしていた。

やがて、なにかを察知したのか、池の向かい側で動きを止めると、尻尾《しっぽ》を一度大きく振る。

「ほら、もうなにか見つけたんじゃない？」

爽良はすぐに駆けつけ、スワローの足元を確認した。しかし、そこはちょうど池の縁で、大きな石が複雑に積まれているせいで死角が多く、一見した限りではよくわからない。

「この辺にあるの……？」

問いかけたものの、スワローはプイと余所《よそ》を向いた。すると、御堂が可笑《おか》しそうに笑う。

「スワローは昔から、庄之助さんと俺の指示しか聞かないんだ。でも悪い奴じゃないから、気を悪くしないであげて」

「そんな……、場所を教えてくれただけで十分です」

爽良は死角となっている石の隙間に手を突っ込み、必死にそれらしきものを捜す。すぐに追いついた礼央も、携帯で辺りを照らしながら躊躇《ためら》いなく水際に手を突っ込んだ。

「あーあー……。そんなことして、蛇とかやばい虫がいたらどうすんの……。明るくなったら道具出してくるから、それまで待てない……？」

「……待てないんです」

言い切る爽良に、御堂は溜め息をつく。そして、やれやれといった様子でスワローの傍に座り、首元を撫《な》でた。

「スワロー、もうちょっと詳しく教えてあげて」

すると、スワローは尻尾をぱたんと振り、ゆっくりと腰を上げる。

そして、石を順番にクンクンと嗅《か》ぎ、ひとつに前脚をかけると、眉間《みけん》に皺《しわ》を寄せて爽良を見つめた。

『グルル……』

「あの……、スワロー怒ってます……？」

「いや、この辺だって言ってるんじゃん？」

「……そ、そうなんですね。ありがとう、スワロー……」

協力してくれるときですら、爽良への態度はブレないらしい。爽良はスワローにぺこりと頭を下げ、石の周囲を注意深く調べた。

そして、隙間から石の下側に手を入れた瞬間、指先に、土や石とは違う無機質な感触を覚える。

「ここ、なにかある……」

手を抜いて礼央の携帯で照らしてもらうと、なにかが鈍く反射した。ただ、ほんの一部しか見えず、それがなにかはわからない。

「この石、除《の》けるしかないね」

御堂はそう言うが、その石はバスケットボールくらいの大きさがあり、その上、隣り合う石と噛《か》み合っているせいで簡単には動きそうになかった。

「丈夫な棒があれば、てこで動くかも。庭の用具入れのやつ借りるね」

礼央が立ち上がり、返事も待たずにその場を後にする。

爽良は一旦《いったん》手を止め、ぐったりと脱力した。

ひとたび冷静になると、今日起こった出来事が一気に頭を駆け巡り、とても処理しきれない。

寒さで思考が曖昧《あいまい》になっていることが、今はむしろちょうどいいくらいだった。

ただ、静まり返った裏庭は、暗さもあいまって、まるで山の中で遭難してしまったかのような錯覚に陥る。

なにか話さないと不安になりそうで、爽良は咄嗟《とっさ》に話題を探した。――しかし。

「薄々気付いてるだろうけど、俺は、どんな霊にもすぐに寄り添おうとする庄之助さんの考え方に、あまり賛成できなかったんだ」

沈黙を破ったのは、御堂。

見上げると、御堂はこれまで爽良に見せたことのない、神妙な表情を浮かべていた。

「危険だから、ですよね……？」

まさに今日、残された無念がいかに危険かを身を以《もっ》て経験した爽良には、御堂の主張がよくわかる。

すると、御堂はこくりと頷《うなず》き、深い溜《た》め息をついた。

「うちは代々強い霊感を持つ血筋で、俺も物心がついた頃から当たり前に視えてたんだ。周囲もそれを当然と考える環境だったから、爽良ちゃんのような苦労はなかったけど、そのぶん、いつの間にかその危険さが曖昧になってた。なんなら、霊と友達くらいの感覚で話してた時期もある」

「怖くなかったんですね」

「まったく。生きてようと死んでようと、俺にとってはたいして変わらなかった。親父には、その境目を見失うなっていつもしつこく言われてたけど、正直、あまり気に留めたことがなくて。……母が憑《つ》かれて死ぬまではね」

「え……？」

それは、淡々とした口調とはあまりに不釣り合いな、衝撃的な告白だった。爽良は言葉を失い、御堂を見つめる。

「母を殺したのは、俺がよく話してた子供の霊だった。親父がその霊を警戒してたことを知ってたから、覚えたての結界で匿《かくま》ったこともある。……俺はまだ十歳で、結界やら式神やらを使ってみたくてたまらなくて、いわば、遊びの延長だったんだよね。――まさか、母が死ぬなんて」

「御堂さん……」

「それ以降、考え方がガラッと変わった。がむしゃらに修行して容赦なく祓《はら》いまくって、あんまり極端だからか、心配した親父から、情けの気持ちを忘れるなって散々説法聞かされて、……親父の紹介で庄之助さんに初めて会ったのも、その頃。……ま、あとはお察しの通り庄之助さんにすっかり棘《とげ》を抜かれてずいぶん丸くなっちゃったけど、……でも、今も母の出来事は忘れてない。霊は身勝手で、嫌いだ」

「…………」

「その気持ちは俺の根幹にあるものだから、どんなに丸くなろうと、それだけは覆らない。……今日もなんだかんだでノリで手伝っちゃってるけど、本来の俺は片っ端から祓いたい人間なの。……それは、一応覚えておいてね」

「……はい」

　爽良には、頷くことしかできなかった。

　御堂は出会った頃から軽薄な印象だったけれど、その奥に悄然《しょうぜん》たる気配が潜んでいることを、爽良は何度か感じたことがある。

御堂の過去を聞きながら、あれはそういうことだったのかと、爽良は納得していた。

「御堂さんは……、庄之助さんのこと、好きでしたか……？」

なぜ唐突にそんなことを聞いてしまったのか、自分でもよくわからなかった。

すると、御堂は一瞬ポカンとした後、ふいに表情を緩める。

「愚問中の愚問じゃない？」

「好きだったってことですか……？」

「なに、言わせたいの？」

「…………」

「……好きだったよ。――だから、寂しい」

心が、ぎゅっと震えた。

思えば爽良にとって、庄之助の死はどこか現実味のない、まるで物語の中の出来事のような曖昧さがあった。

ほとんど会ったことがないし、実の息子である父すら悲しんでいなかったのだから、ある意味当然ともいえる。

だから、御堂が寂しいと口にした瞬間、御堂から伝わってくるこれ以上ないくらいの喪失感によって、庄之助の死をはじめてリアルに感じた。

命は重いのだと、わかりきっていたはずの事実が爽良の心を抉《えぐ》る。

「すみません……、辛《つら》いことを聞いてしまって……」

「いや、別に君に聞かれなくたって、いつも考えてるから。……それに、君がここに来たことで、俺の中の霊に対する葛藤《かっとう》は続くわけだし、ある意味似たような生活が送れそうで紛れてるよ」

「……それは、いいことですか？」

「うん。……庄之助さんや君みたいに霊に甘い人間が傍にいないと、バランス取れなくなっちゃうから」

　バランスが取れなくなるというのは、おそらく、庄之助に出会う前の、——どんな霊も容赦無く祓っていたという、過去の御堂に戻るということだろう。

　ふと、庄之助が爽良を鳳銘館に導いた理由は、想像していたよりもずっと深いものかもしれないと爽良は思った。そのとき。

「……あったよ、スコップ」

　礼央が戻り、会話は途切れる。

　聞いてみたいことはまだいくつもあったけれど、御堂はさっきの会話なんてなかったかのように、いつも通りの笑みを浮かべていた。

　一方、礼央は早速石の隙間にスコップの先を差し込み、柄に体重をかける。爽良が慌てて手伝うと、石はいとも簡単に動き、鈍い音を立てて池の中へ転がっていった。

　そして、石があった場所にあったのは、手のひらサイズの、長いチェーンが付いた丸く平たいもの。

半分土に埋まり酷《ひど》く劣化していたけれど、ギリギリ浸水していなかったことが幸いしてか、腐ってはいない。

爽良はそっと拾い上げ、表面を注意深く袖《そで》で拭《ぬぐ》う。すると、サイドに一箇所、スリット状の溝があることに気付いた。

「そこから開きそうじゃない？」

横で見ていた御堂がそう言い、爽良はスリットに爪の先を差し込む。

すると、カチンと小気味の良い音が鳴って蓋《ふた》が開き、中からローマ数字が並ぶ文字盤が現れた。

「時計……？」

「懐中時計だね」

礼央が横から覗《のぞ》き込み、そう呟《つぶや》く。

もちろん針は動いていないし、文字盤の半分は湿気で黒ずんでいたけれど、何十年も放置されていた割には傷みが少なかった。

「吉郎さんの捜し物は、これでしょうか……」

そう口にした瞬間、――突如、爽良たちの周りに不自然な風が吹く。

それは夜風にしてはあまりに暖かく、満開の桜の中にいるような優しい香りを残した。

呆然《ぼうぜん》と辺りを見渡す爽良の頭に、ふいに御堂が手のひらを載せる。

「御堂さん……？」

「合ってるみたいだよ。……ソレで」

「え？　どうして……」

「……吉郎さんの気配から、禍々《まがまが》しさが消えたから」

爽良には、その違いがあまりわからない。

一方、礼央は瞳《ひとみ》を揺らし、こくりと頷いた。

「……本当だ」

「礼央にもわかるの……？」

「うん」

二人が言うのだから、きっと間違いないのだろう。爽良は懐中時計を両手でそっと包み込んだ。――そのとき。

「朝になったら、答え合わせしに行く？」

突如、御堂が爽良にそう尋ねる。

「答え合わせ、ですか……？」

「道郎さんの入院先に行って、見せてみればすべてわかるよ」

爽良は目を見開く。

吉郎の捜し物を見つけることだけに必死になっていたけれど、本来の目的はこれで終わりではない。

これを道郎の手に返すまでが、吉郎の望みだ。

「ですけど、初対面の私が行ってもいいんでしょうか……」

「君が見つけたんじゃん。道郎さんだって視える人間なんだから、余計な説明なんていらないよ。……それに、急がなきゃいけないんでしょ？」

最後のひと言は、少し寂しげだった。

爽良は俯《うつむ》き、こくりと頷《うなず》く。

「……そうですね。返してあげなきゃ……。吉郎さんのためにも」

その瞬間、爽良たちの周囲にふたたび暖かい風が吹いた。


道郎が入院していたのは、鳳銘館から歩いて行ける距離にある総合病院だった。

緊張しながら病室に入ると、道郎はまるで爽良のことを知っているかのように、穏やかに笑ってくれた。

ただ、その顔を見た瞬間、爽良は奇妙な直感を覚える。

この人は、もう数日も持たない、と。

それは、予知夢を見たときに似た、有無を言わせない感覚だった。

「長谷川さん、お久しぶりです」

「やあ吏くん。来てくれてありがとう」

死の気配に戸惑う爽良の背中を、御堂がそっと押す。

「今日は、新しいオーナー兼管理人を紹介しようと。……あと、新しい入居者も」

「ああ……、そういえば、賑《にぎ》やかになったね」

「え？……知ってたんですか？」

「よく散歩してるからね。……まあ、夢の中でだけど。最近は、少し活気がある」

道郎は当たり前のように不思議なことを口にするが、ここにいる人間に、それを妄言だと揶揄《やゆ》する者は一人もいない。

むしろ、爽良は驚く程自然にその言葉を受け入れていた。

「初めまして、鳳爽良です。あの……、私、渡さないといけないものがあって……」

爽良は改めて挨拶《あいさつ》をし、早速、懐中時計を道郎に見せる。

すると、道郎は大きく目を見開き、それから、震える手でそれを受け取った。

「これは、父の……」

道郎は信じられないといった様子で、蓋を開けたり閉めたりしながら、時間をかけてそれを確認する。

そして、手のひらで愛《いと》しげに表面を撫《な》で、――突如、大粒の涙を零《こぼ》した。

爽良の胸がぎゅっと締め付けられる。

道郎は爽良たちに構うことなく、ボロボロと涙を流した。

「……それ、弟さんから頼まれたらしくて、爽良ちゃんが捜したんですよ。なんでも、どうしても見つけなきゃいけないとかで、それはもう必死に」

御堂が補足すると、道郎は涙を拭い爽良を見つめる。

「……あいつは、まだ気にしていたのかい？」

「はい。ずっと捜していたみたいで……」

「馬鹿だなぁ……」

道郎の困ったような声を聞いた瞬間、過去の二人の光景が爽良の脳裏に鮮明に蘇《よみがえ》った。

「約束したんですよね……？」

爽良が尋ねると、道郎は深く頷く。そして。

「これは、父の形見でね。……父は私たち兄弟が生まれる前に出兵した戦争で両目を失明してしまったから、私たちの姿を一度も見ることがないまま早くに死んでしまった。まだ私たち兄弟が十歳にも満たない頃に」

ぽつりぽつりと、過去のことを語りはじめた。

「父は、あの世で再会したときに、息子の姿がわからないと困るからと言って、自分の愛用品を私たち兄弟に託した。父はこの懐中時計が鳴らす秒針の音をすごく気に入っていたから、私たちがどんな姿に育っていたとしても、この音で気付けると思ったんだろう」

「……とても愛されていたんですね」

「それはもう。私たちも父が大好きだったし、私には、懐中時計なんかなくてもきっと父を見つけられる自信があった。……だから、失くしたと聞いたときも、そう動揺はしなかったんだよ。……ただ、弟は、——吉郎は、違った」

吉郎がいかに気にしていたか、爽良は十分すぎる程知っている。吉郎は、死んでもなお無念を残し、捜し続けていた。

「まさか、まだ捜していたなんて。……君たちにも迷惑をかけて、こんなことなら、死ぬまでに捜してくれなんて言わなければよかった。当時は、吉郎があまりに気にするものだから、先延ばしにするためだけにそう言ったのに」

「吉郎さんは、どうしても、道郎さんに寂しい思いをさせたくなかったんだと思います……」

口を挟んだのは、なかば衝動だった。

事情を深く知りもしない自分が口を出すべきでないとわかっているのに、苦しそうに過去を語る道郎を見ていると、抑えることができなかった。

皆の視線が、爽良に集まる。

「……吉郎さんは、自分の寿命を知っていたんじゃないかと思うんです。……私にも、ときどき人の死がわかるから……。だから、道郎さんを一人ぼっちにさせてしまうと思って、せめてお父さんと再会できる希望を残してあげたかったんじゃないでしょうか……」

話しながら冷静になり、語尾はずいぶん小さくなってしまった。すべて想像に過ぎないのにと、じわじわと後悔が込み上げてくる。

しかし、道郎はふいに爽良の手を取り、幸せそうに笑った。

「弟は、……吉郎は、少し不憫《ふびん》に思うくらい心配性だったから、そうかもしれないね。……それに、せっかく吉郎と爽良さんが一緒に捜してくれたんだから、私があの世へ行ったときには、これで父に見つけてもらおうと思う」

「……きっと、会えると思います」

「ありがとう。……ただ、父にももちろん会いたいけれど、私はなにより吉郎に会えることが楽しみなんだよ。双子とは特別でね。死んだときは、体の半分を失ったような気すらした。……だから、私は死が少しも怖くない」

道郎の表情は、とても穏やかだった。

その曇りのない微笑みを見ながら、爽良は、ここ数日間の恐ろしい出来事がすべて報われていくような感覚を覚えていた。


「――そういえば長谷川さんたちって、元々は父親の魂を捜したくて鳳銘館に入居したって聞いた気がする。庄之助さんから」

病院からの帰り道、三人を寂しい空気が包む中、ふいに御堂がそう呟《つぶや》いた。

「どうして鳳銘館に……？」

「なにせ、昔から鳳銘館は幽霊屋敷だっていう噂が絶えないからさ。亡くなった人が集まってくるって噂を聞きつけて、大切な人に再会したいって理由で入居を希望する人が結構いたとか」

「気持ちはわからなくもないですけど……、でも会えるってことは、浮かばれてないってことですよね……？」

「だね。皆、浮かばれてない確信があるんじゃない？」

「それって……」

「だから、みんなそれぞれ訳アリなんだってば。……長谷川さんたちがどうだったかは知らないけど。なにせ、吉郎さんが亡くなったのは俺が鳳銘館に住み始めるずっと前のことだし、道郎さんはたびたび入院してたし」

「興味ないんでしょ、どうせ」

「それ、上原くんに言われるのは心外だわ……」

「あれだけ庭をウロウロされたら、普通は素性くらい知りたくなると思うけど」

「俺は、無害な霊は放置する主義なの。いちいち気にしてたらキリがないから。吉郎さんの気配がおかしくなったのなんてごく最近のことだし、それに――」

「や、やめてください……」

　また二人の言い合いが始まり、爽良は慌てて二人の間に入った。

　礼央はフイッと他所《よそ》を向き、御堂はニヤニヤと笑う。

　やはりこの二人の相性は微妙だと、爽良は重い溜《た》め息をつき、空を仰いだ。――瞬間。

　突如クラッと目眩《めまい》を覚え、膝《ひざ》からガクンと力が抜ける。

「爽良……！」

「爽良ちゃん……？」

咄嗟《とっさ》に両側から二人に支えられたものの、意識はぼんやりし、足に力が入らない。

すると、礼央が戸惑う爽良を軽々と背負い、ふたたび歩きはじめた。

「な、なんか……変……」

「当たり前でしょ。ここ二日、ろくに寝てないんだから」

そう言われ、確かにその通りだと爽良は自覚する。

急なことに焦ったけれど、礼央の冷静な声を聞くと不思議と安心し、肩に頭を預けた。

「上原くんって結構力あるよね、細いくせに」

「今そんなのどうでもよくない？　爽良、寝てていいよ。部屋に運ぶから」

「…………」

「うわ、もう寝てるっぽい。……よっぽど力が抜けたんだなぁ。この子思った以上に真面目だし、相当気を張ってたもんね」

まだ意識はあったけれど、返事をする気力はもうなかった。曖昧《あいまい》な意識の中、二人の会話がぼんやりと響く。

「そう。真面目で責任感が強いから、電池切れギリギリまで誰にも悟らせない」

「さすが、よく知ってんね」

「弱音を吐かないから、よく見てなきゃ弱ってるかどうかもわからない。……それに、全然泣かないし」

「そういや、散々な目に遭っても結構気丈だよね。かなりびびってはいるけど」

「昔から、気丈に振る舞う癖がついてる。本当は打たれ弱いくせに、見てられない」

「……不満なんだ？　自分に言ってくれなくて？」

「そりゃね」

礼央があっさり肯定した瞬間、爽良は、自分の意識はすでに途切れてしまったのだと、この会話はもう自分の妄想なのだと思った。

長年礼央を見てきた爽良にとって、こんなに話す礼央自体も、その会話の内容にしても、あまりに意外だったからだ。

「うける。てかさぁ、子供の頃は視えることを内緒にしてたんだって？……それって究極の選択だよね。共感して理解者になるか、知らないフリして寄り添うか、子供の頃にそんな選択を自分に強いてたなんて、上原くんらしいっちゃらしいけど」

「…………」

「え、なに、怒ったの？」

「いや。……究極の選択なんてないって思っただけ。俺にとっては一択だったから。共感してあげられても、子供だった俺が連れて逃げられるわけじゃないし、親の元で上手《うま》く生きていくための支えになる方が俺は正しいと思った。爽良がすごく苦しんでることは知ってたけど、それでも迷ったことは一回もない」

「……急にすげー喋《しゃべ》るじゃん」

「だからこそ、そんな不幸な境遇を耐えてきた爽良は、幸せにならないと割に合わないと思ってる。なのに、なんでこんな危ないところに来ちゃうんだろう。爽良が望むならって思うけど、正直庄之助さんの差配には不満があるし、あんたのこともあんまり好きじゃない」

「うわ……。普段静かな人間って、いざ喋りだすと辛辣《しんらつ》……」

「そういうふざけたところが、とくに」

やはりこれは夢だと、――そう思っているのに、なんだか涙が出そうだった。

ただ、たとえすべてが現実でなかったとしても、目が覚めたら礼央にもう一度お礼を伝えようと、消えゆく思考の中で爽良は誓う。

私は、礼央がいてくれたから、不幸なんかじゃなかったと。

*

道郎が亡くなったという知らせを受けたのは、病院を訪ねた二日後のこと。

身寄りのない道郎は、葬儀は行わずに御堂の実家の善珠院にて供養され、いずれは吉郎と同じく善珠院が管理する納骨堂に眠るらしい。御堂いわく、生前に住職とそういう約束を交わしていたのだという。

予測していたとはいえ、つい先日会話したばかりの人が亡くなるというのは、どうしても寂しい。

御堂から知らせを聞いた後、爽良はしばらく池を眺めながらぼんやりと過ごした。

ふらりとやってきた礼央が、声をかけるでもなく爽良の横に立つ。

「……道郎さんは、吉郎さんやお父さんと会えたかな」

問いかけると、礼央はこくりと頷《うなず》いた。

「大丈夫。時計があるし」

礼央はおそらく、慰めでもなんでもなく、本心からそう言っているのだろう。子供の頃に「人が見たことのないものなんていくらでもある」と口にした礼央は、おそらく爽良以上に霊という不思議な存在を受け入れている。

「じゃあ、寂しくないね」

礼央と話していると、死とは必ずしも寂しいばかりではないと思えた。


その後、御堂は寺で請け負っていた道郎の諸々《もろもろ》の手続きのために奔走し、爽良は礼央に手伝ってもらいながら三〇五号室の整理を進め、平穏な日常が戻るまでには、それからさらに一週間近く必要だった。

久しぶりにのんびりした時間を過ごしたのは、六月の末。

爽良が庭に顔を出した瞬間、ロンディが勢いよく飛びかかってきた。

「ロンディ、ちょっと待っ……、落ち着いて……！　大丈夫、今日はいっぱい遊べるから」

　ロンディは爽良たちが忙しくしていたここしばらく、ずいぶん大人しくしていた。おそらく、敏感に空気を読んでいたのだろう。

　その賢さに感心しながら、爽良はロンディのために用意していた新しいおもちゃを見せた。

「見て、このボール。噛《か》むと音が鳴るの。あまり犬のおもちゃを選んだことがないから、こういうのが好きかどうかわからないけど……ってちょっと待っ……」

　言い終えないうちにおもちゃはあっさりと奪われ、ロンディはおかしな音が鳴るたびに尻尾《しっぽ》をぶんぶんと振る。

　ひとまず気に入ってくれてよかったと、爽良は苦笑いを浮かべてベンチに腰を下ろした。

「ずいぶん馴染《なじ》んだみたいだね、鳳銘館での生活に」

　そんなとき、ふいに声をかけてきたのは御堂だ。

　おもちゃに夢中のロンディを見て可笑《おか》しそうに笑いながら、爽良の横に座る。

「馴染んで見えますか？」

「うん。最初に比べたら、かなり」

「なら、よかったです」

「……よかったの？　次々とハードな体験してるけど、うんざりしてんじゃない？」

御堂に尋ねられ、爽良は改めてここ一ヶ月を振り返った。

確かに、これまでにない濃い日々だったことは否めないし、精神もずいぶん消耗した。

けれど、不思議と、鳳銘館を出たいとは少しも思わない。

「理由は上手く説明できないんですけど……、なんだか居心地がいいんです。それに、自分一人の力じゃないけど、紗枝ちゃんや吉郎さんの力になれたこともよかったなって。……昔から嫌でたまらなかったこの霊感が少しでも役に立ったなら、なんだか過去の自分が報われるような気がして」

「……それはいい話」

「それに、まだやらなきゃいけないこともありますし。庄之助さんの大切なものも探さなきゃ」

「そういえば、手紙にそんなこと書いてあったね。……いまいち疑わしい話だけど」

正直爽良も同じ気持ちだった。

けれど、まだ探り探りに日々を過ごす中で、ここにいる明確な理由があるというのは、地に足が着いた気がして気持ちが安定する。

だから、いずれ自分の足で立てるまで、たとえ疑わしくても目的の一つに入れておきたかった。

しばらく、心地のよい沈黙が流れる。

しかし、そのとき。

「……そうだ。ねえ爽良ちゃん、首のない女の人視なかった？」

「は……？」

いきなり物騒な質問が飛んできて、穏やかな空気が一変した。

ポカンと御堂を見上げると、御堂は腕を組んで顔をしかめる。

「いや……、行方不明なんだ。俺が藁《わら》人形に閉じ込めて部屋に置いておいたんだけど、気付いたらなくなってて」

「それ、御堂さんが祓《はら》った霊ってことですか……？」

「そう。久々に相当やばい奴でね。実家に持って帰って親父に託そうと思ってたのに……」

「勝手に動くことなんてあるんですか？」

「ない。……はずだけど、現に見つからないからなぁ。……まさか、誰かが勝手に持って行ったりとか……。でも、そんなものを欲しがる異常者、一人しか思いつかないし」

「逆に、一人は思いつくんですか？」

「うん。……妹」

妹と聞いた瞬間、爽良の記憶に鮮明に蘇《よみがえ》る、玄関ホールで出会った女性。しばらくバタバタしていてすっかり忘れていたけれど、女性はあのとき「兄の部屋に忘れ物をした」と話していた。

「もしかして、あのとき会った女性って御堂さんの妹さん……？」

「――は？」

突如、御堂が纏《まと》う空気が緊張を帯びる。ロンディも異変を感じたのか、動きを止めて御堂をじっと見つめた。

「御堂さん……？」

心の中に、じわじわと不穏な予感が広がっていく。

爽良は、これが杞憂《きゆう》でありますようにと、心の底から祈った。

本書は書き下ろしです。この作品はフィクションであり、登場する人物・地名・団体等は実在のものとは一切関係ありません。

# 大《たい》正《しょう》幽《ゆう》霊《れい》アパート鳳《ほう》銘《めい》館《かん》の新《しん》米《まい》管《かん》理《り》人《にん》

竹《たけ》村《むら》優《ゆ》希《き》

令和3年 6月25日　初版発行

発行者●堀内大示

発行●株式会社KADOKAWA
〒102-8177　東京都千代田区富士見2-13-3
電話　0570-002-301(ナビダイヤル)

角川文庫 22711

印刷所●株式会社暁印刷
製本所●本間製本株式会社

表紙画●和田三造



●お問い合わせ
https://www.kadokawa.co.jp/(「お問い合わせ」へお進みください)
※内容によっては、お答えできない場合があります。
※サポートは日本国内のみとさせていただきます。
※Japanese text only


ISBN 978-4-04-111427-8　C0193

◇◇◇

# 角川文庫発刊に際して

角川源義

第二次世界大戦の敗北は、軍事力の敗北であった以上に、私たちの若い文化力の敗退であった。私たちの文化が戦争に対して如何に無力であり、単なるあだ花に過ぎなかったかを、私たちは身を以て体験し痛感した。西洋近代文化の摂取にとって、明治以後八十年の歳月は決して短かすぎたとは言えない。にもかかわらず、近代文化の伝統を確立し、自由な批判と柔軟な良識に富む文化層として自らを形成することに私たちは失敗して来た。そしてこれは、各層への文化の普及滲透を任務とする出版人の責任でもあった。

一九四五年以来、私たちは再び振出しに戻り、第一歩から踏み出すことを余儀なくされた。これは大きな不幸ではあるが、反面、これまでの混沌・未熟・歪曲の中にあった我が国の文化に秩序と確たる基礎を齎らすためには絶好の機会でもある。角川書店は、このような祖国の文化的危機にあたり、微力をも顧みず再建の礎石たるべき抱負と決意とをもって出発したが、ここに創立以来の念願を果すべく角川文庫を発刊する。これまで刊行されたあらゆる全集叢書文庫類の長所と短所とを検討し、古今東西の不朽の典籍を、良心的編集のもとに、廉価に、そして書架にふさわしい美本として、多くのひとびとに提供しようとする。しかし私たちは徒らに百科全書的な知識のジレッタントを作ることを目的とせず、あくまで祖国の文化に秩序と再建への道を示し、この文庫を角川書店の栄ある事業として、今後永久に継続発展せしめ、学芸と教養との殿堂として大成せんことを期したい。多くの読書子の愛情ある忠言と支持とによって、この希望と抱負とを完遂せしめられんことを願う。

一九四九年五月三日

# 丸の内で就職したら、幽霊物件担当でした。

竹村優希

## 本命に内定、ツイテル？　いや、憑いてます！

東京、丸の内。本命の一流不動産会社の最終面接で、大学生の澪《みお》は唖然としていた。理由は、怜悧な美貌の部長・長崎次郎《ながさきじろう》からの簡単すぎる質問。「面接官は何人いる？」正解は3人。けれど澪の目には4人目が視えていた。長崎に、霊が視えるその素質を買われ、澪は事故物件を扱う「第六物件管理部」で働くことになり……。イケメンドSな上司と共に、憑《つ》いてる物件なんとかします。元気が取り柄の新入社員の、オカルトお仕事物語！

角川文庫のキャラクター文芸

ISBN 978-4-04-106233-3

# 後宮の検屍女官

## 小野はるか

**ぐうたら女官と腹黒宦官が検屍で後宮の謎を解く!**

大光《だいこう》帝国の後宮は、幽鬼騒ぎに揺れていた。謀殺されたという噂の妃の棺の中から赤子の遺体が見つかったのだ。皇后の命で沈静化に乗り出した美貌の宦官・延明《えんめい》の目に留まったのは、居眠りしてばかりの侍女・桃花《とうか》。花のように愛らしいのに、出世や野心とは無縁のぐうたら女官。そんな桃花が唯一覚醒するのは、遺体を前にしたとき。彼女には検屍術の心得があるのだ——。後宮にうずまく疑惑と謎を解き明かす、中華後宮検屍ミステリ!

角川文庫のキャラクター文芸

ISBN 978-4-04-111240-3

ISBN 978-4-04-111238-0